Sur l'auteure

Née en 1941 dans le Minnesota, Anne Tyler vit depuis de nombreuses années à Baltimore, décor de plusieurs de ses livres. C'est une figure majeure de la littérature américaine contemporaine, récompensée par le prix Pulitzer en 1989 pour *Leçons de conduite*. *Une bobine de fil bleu*, paru en 2015, s'est écoulé à plus de 400 000 exemplaires dans le monde.

De la même auteure
aux Éditions 10/18

LES ADIEUX POUR DÉBUTANT, nº 5068
UNE AUTRE FEMME, nº 5098
LEÇONS DE CONDUITE, nº 5227
UNE BOBINE DE FIL BLEU, nº 5287
VINEGAR GIRL, nº 5436
LA DANSE DU TEMPS, nº 5533
UN GARÇON SUR LE PAS DE LA PORTE, nº 5698

ANNE TYLER

UN GARÇON SUR LE PAS DE LA PORTE

Traduit de l'anglais (États-Unis)
par Cyrielle Ayakatsikas

10/18

PHÉBUS

Titre original :
Redhead by the Side of the Road

ISBN : 978-2-264-07768-4
Dépôt légal : septembre 2021

1

On se demande ce qui peut bien se passer dans la tête d'un homme comme Micah Mortimer. Il vit seul, fréquente peu de monde, suit invariablement la même routine. À sept heures quinze tous les matins, on le voit sortir pour son jogging quotidien. Aux alentours de dix heures ou dix heures trente, il flanque le panneau aimanté « TECHNO CRACK » sur le toit de sa Kia. L'heure à laquelle il démarre sa tournée varie, mais il ne se passe pas une journée, semble-t-il, sans que plusieurs clients le sollicitent. L'après-midi, on le trouve souvent occupé à quelque travail de maintenance dans l'immeuble ; c'est un peu l'intendant clandestin de la résidence. Il passe un coup de balai sur le trottoir, tape un paillasson ou s'entretient avec un plombier. Le lundi soir, veille du jour de ramassage des poubelles, il fait rouler les bacs à ordures ménagères jusque dans l'allée ; le mercredi, même chose avec les bacs de recyclage. Vers vingt-deux heures, la lumière s'éteint derrière les trois petites fenêtres dissimulées par les parterres de fleurs au pied du bâtiment. (Son appartement est en sous-sol, l'atmosphère n'y est probablement pas très chaleureuse.)

C'est un homme de grande taille, un échalas d'une quarantaine d'années qui ne se tient pas tout à fait droit

– la tête un peu en avant, les épaules un peu voûtées. Des cheveux noir de jais mais, quand il néglige de se raser ne serait-ce qu'un jour, sa barbe repousse parsemée de gris. Des yeux bleus, des sourcils épais, des joues creusées. Des lèvres pincées. Toujours la même tenue : jean, T-shirt ou sweat-shirt selon la saison, et un blouson en cuir marron élimé par endroits quand il fait vraiment froid. Des chaussures marron éraflées à bout rond et d'aspect ordinaire, semblables à des souliers d'écolier. Même celles qu'il utilise pour son jogging sont des baskets toutes simples, blanc sale – pas la moindre bande fluorescente, semelle en gel ou autre fantaisie que la majorité des coureurs affectionnent – et, en guise de short, il porte des jeans coupés au genou.

Il a une petite amie, mais apparemment ils mènent leur vie chacun de son côté. On la voit de temps en temps qui se dirige vers la porte de derrière, un sachet de repas à emporter à la main ; le week-end, on les aperçoit parfois partir le matin dans la Kia, sans le panneau « TECHNO CRACK » sur le toit. On ne lui connaît pas d'amis parmi la gent masculine. Il est cordial avec les locataires, mais sans plus. Ils le saluent quand ils se croisent et il répond d'un aimable hochement de tête accompagné d'un signe de la main, en s'épargnant souvent la peine de parler. Personne ne saurait dire s'il a une famille.

La résidence est située dans le quartier de Govans ; un petit cube de briques rouges sur trois niveaux, à l'est de York Road, dans le nord de Baltimore, flanqué à droite d'un restaurant de truites grises comme on en voit plusieurs dans la ville, et à gauche d'une friperie. Un minuscule parking à l'arrière. Un minuscule carré de gazon devant. Une véranda incongrue – une simple dalle de béton, en réalité – équipée d'une balancelle en bois hérissée d'échardes sur laquelle personne ne s'assoit jamais, et d'une colonne de sonnettes le long de la porte blanche en piètre état.

Lui arrive-t-il de prendre le temps de réfléchir à sa vie ? À son sens, son but ? Est-ce qu'il s'inquiète à l'idée que les trente ou quarante prochaines années seront probablement semblables aux précédentes ? Personne ne le sait. Et sans doute que personne ne lui a posé la question.

Un lundi vers la fin octobre, il n'avait pas encore terminé son petit déjeuner quand il reçut son premier appel. Habituellement, ses matinées se déroulaient ainsi : jogging, douche, petit déjeuner, puis un peu de ménage. Il détestait qu'un événement vienne troubler le cours normal des choses. Il tira son téléphone de sa poche et regarda l'écran : EMILY PRESCOTT. Une vieille dame ; il avait déjà eu affaire à elle. Les problèmes des vieilles dames étaient les plus simples à régler, mais c'étaient surtout leurs questions qui l'agaçaient. Elles voulaient toujours savoir *pourquoi.* « Comment cela a-t-il pu arriver ? demandaient-elles. Hier soir, quand je me suis couchée, mon ordinateur fonctionnait très bien, et ce matin, voilà qu'il fait n'importe quoi. Mais je ne l'ai pas touché ! Je dormais comme une bienheureuse !

— Oui, bon, oubliez ça, je vous l'ai réparé, répondait-il.

— Mais pourquoi a-t-il *fallu* le réparer ? Comment se fait-il qu'il soit détraqué ?

— Je serais vous, j'éviterais de poser ce genre de question au sujet d'un ordinateur.

— Ah bon ? Pourquoi ? »

D'un autre côté, c'étaient les vieilles dames qui le faisaient vivre et, qui plus est, celle-ci habitait tout près de chez lui, dans le quartier de Homeland. Il décrocha et dit : « Techno Crack, bonjour.

— Monsieur Mortimer ?

— C'est bien moi.

— Emily Prescott à l'appareil. Vous vous souvenez de moi ? J'ai un problème, c'est extrêmement urgent.

— Qu'est-ce qui vous arrive ?

— Eh bien, voyez-vous, mon ordinateur refuse d'aller où que ce soit ! Pas moyen de me faire obéir ! Impossible d'aller sur un site Internet ! Pourtant, j'ai toujours le signal Wi-Fi !

— Vous avez essayé de le rebooter ?

— C'est-à-dire ?

— De l'éteindre et le rallumer, comme je vous ai montré ?

— Ah, oui. J'appelle ça "lui accorder un temps mort", dit-elle en gloussant. Oui, j'ai essayé. Ça n'a pas marché.

— OK. Ça vous va si je passe à onze heures ?

— Onze heures ?

— C'est ça.

— Mais je voulais acheter un cadeau à ma petite-fille qui fête son anniversaire mercredi, et je dois commander suffisamment tôt pour bénéficier de la livraison gratuite sous deux jours. »

Il ne répondit rien.

« Bon, soupira-t-elle. Très bien, à onze heures. Je vous attends. Vous vous souvenez de mon adresse ?

— Je m'en souviens. »

Il raccrocha et croqua dans sa tartine grillée.

Son logement était plutôt grand pour un appartement en sous-sol : une seule longue pièce pour le salon et la cuisine, puis deux petites chambres séparées et une salle de bains. La hauteur sous plafond était convenable et, au sol, le carrelage strié couleur ivoire en assez bon état. Il y avait une carpette beige au pied du canapé. Les fenêtres exiguës, quasiment au niveau du plafond, n'offraient pas de vue à proprement parler, mais lui permettaient de toujours savoir si le soleil brillait ou non – c'était le cas, ce jour-là – et, à présent que les arbres commençaient à changer de couleur, il voyait quelques feuilles mortes s'accumuler autour des racines des massifs d'azalées. Plus tard dans la journée, il y passerait peut-être un coup de râteau.

Il termina son café, puis recula sa chaise, se leva et alla déposer sa vaisselle dans l'évier. Il avait mis au point un système : il mettait la vaisselle à tremper pendant qu'il nettoyait la table et le plan de travail, rangeait le beurre, passait l'aspirateur-balai sous sa chaise au cas où il aurait fait tomber des miettes. Son jour d'aspirateur était en réalité le vendredi, mais il aimait ne pas se laisser déborder entre-temps.

Le lundi, c'était le jour du lavage des sols – dans la cuisine et la salle de bains. « Le *retoutable lafage* », dit-il en remplissant un seau d'eau chaude. Quand il travaillait, il se parlait souvent à lui-même en adoptant un accent étranger ou un autre. Ce jour-là, c'était l'allemand, ou peut-être le russe. « Le *lafage* des *zols*. » Il ne prit pas la peine de passer l'aspirateur dans la salle de bains au préalable parce que c'était inutile ; le sol était resté impeccable depuis la semaine précédente. Selon la théorie de Micah, si l'on remarquait une différence après le ménage – la table basse soudain étincelante, le tapis débarrassé de ses peluches –, cela signifiait qu'on avait attendu trop longtemps pour le faire.

Micah se targuait d'être une fée du logis.

Lorsqu'il eut terminé sa corvée, il vida le seau dans l'évier de la buanderie et rangea le balai à franges contre le chauffe-eau. Puis il retourna dans l'appartement et s'attaqua au salon, pliant le plaid sur le canapé, jetant les deux canettes de bière qui traînaient et tapant les coussins pour leur redonner forme. Cette partie de la pièce était peu meublée – le canapé, la table basse et un affreux fauteuil inclinable en vinyle marron, rien de plus. Tout était là quand il avait emménagé, il avait simplement ajouté une étagère en métal fonctionnelle pour y ranger ses revues de technologie et ses manuels. Ses autres lectures – principalement des romans à énigmes et des biographies –, il les empruntait à la bibliothèque et les rapportait une fois terminées. Sans cela, il lui aurait fallu acheter plus d'étagères.

Une fois le sol de la cuisine sec, il y retourna pour laver la vaisselle du petit déjeuner, l'essuyer et la ranger. (D'aucuns la laisseraient sécher naturellement, mais Micah détestait l'aspect désordonné de la vaisselle entassée sur l'égouttoir.) Puis il chaussa ses lunettes – des verres sans monture qu'il mettait pour conduire –, attrapa le panneau magnétique et sa sacoche, et sortit par la porte de derrière.

Cette porte s'ouvrait sur un escalier en béton menant au parking. Il fit une pause en haut des marches pour évaluer la température extérieure : il faisait plus doux que lorsqu'il était allé courir, et la brise était tombée. Il avait bien fait de ne pas s'encombrer de son blouson. Il fixa le panneau « TECHNO CRACK » sur sa voiture avant de se glisser à l'intérieur, démarra et salua Ed Allen qui rejoignait son pick-up d'un pas lourd, sa boîte à sandwichs à la main.

Quand Micah était au volant, il aimait faire comme s'il était examiné par un système de surveillance qui épiait tous ses faits et gestes. Le dieu de la Circulation, l'appelait-il. Au centre de commandement du dieu de la Circulation se trouvait une armada d'hommes en bras de chemise et visière verte sur la tête, qui échangeaient régulièrement des commentaires sur la conduite parfaite de Micah. « Notez comme il met son clignotant même lorsqu'il n'y a personne derrière lui », disaient-ils. Micah mettait toujours, absolument toujours, son clignotant. Même dans son propre parking. Quand il accélérait, il se figurait qu'il y avait un œuf sous sa pédale, comme on le lui avait appris ; quand il freinait, il le faisait de façon progressive, jusqu'à s'arrêter sans le moindre à-coup ou presque. Et si un autre conducteur estimait au dernier moment qu'il avait besoin de s'insérer dans la file de Micah, on pouvait compter sur celui-ci pour ralentir et faire un signe courtois de la main gauche, paume tournée vers le haut, indiquant qu'il le laissait passer. « Vous avez vu ça ? disaient les agents du dieu de la Circulation. Les manières de ce brave homme sont impeccables. »

Au moins, cela chassait un peu l'ennui.

Il tourna dans Tenleydale Road et se gara contre le trottoir. Mais, à l'instant où il tendait le bras pour attraper sa sacoche, son téléphone sonna. Il le sortit de sa poche et releva ses lunettes sur son front pour consulter l'écran. CASSIA SLADE. Voilà qui était inhabituel. Cass était sa bonne amie (il refusait d'appeler « petite amie » une femme de presque quarante ans), mais d'ordinaire ils ne se parlaient pas à cette heure. Elle aurait dû être au travail, accaparée par une classe de CM1. Il décrocha. « Quoi de neuf ? demanda-t-il.

— Je vais être expulsée.

— Quoi ?

— Expulsée de mon appartement. » Elle parlait généralement sur un ton feutré mais ferme qui ne déplaisait pas à Micah, mais, cette fois, sa voix étranglée trahissait son émotion.

« Comment pourrais-tu être expulsée ? demanda-t-il. Ce n'est même pas chez toi.

— Non, mais Nan est passée à l'improviste ce matin. »

Nan était la locataire officielle. Elle vivait désormais avec son fiancé dans une copropriété près du port, mais n'avait jamais renoncé à ses droits sur l'appartement, ce que Micah comprenait, contrairement à Cass. (Il est toujours préférable de se garder une porte de sortie.) « Elle a juste sonné, sans prévenir, ajouta Cass. Donc je n'ai pas eu le temps de cacher le chat.

— Ah. Le chat.

— J'espérais qu'il ne se montrerait pas. Je faisais écran comme je pouvais en priant pour qu'elle n'insiste pas pour entrer, mais elle a dit : "Il faut juste que je récupère mon… qu'est-ce que c'est que *ça* ?", et là je la vois fixer Moustache derrière moi, qui passait tranquillement la tête par l'embrasure de la porte de la cuisine alors que d'habitude, enfin, tu connais Moustache : il ne supporte pas les inconnus. J'ai essayé de lui dire que je n'avais pas *prévu* d'avoir un chat. Je lui ai expliqué que je l'avais trouvé dans la cour anglaise devant la maison. Mais Nan a répondu : "Ce n'est pas la question ; tu sais que mon allergie peut me tuer. Il suffit que je respire une fois dans une pièce où un chat est passé, même il y a un mois et sans être resté, qu'il y ait un seul petit poil de chat accroché à un tapis pour que je – oh, Seigneur, je sens déjà ma gorge se serrer !" Et puis elle a reculé sur le palier et m'a fait signe de m'en aller quand j'ai voulu la suivre. Je lui ai dit : "Attends !", mais elle a dit : "Je t'appellerai", et *ça*, tu sais ce que ça veut dire.

— Non, je n'en ai pas la moindre idée, répondit Micah. Donc elle va t'appeler ce soir pour te remonter les bretelles et tu vas lui présenter tes excuses, voilà tout. Sauf que tu devras te débarrasser de Moustache, j'imagine.

— Je ne peux pas me débarrasser de Moustache ! Il commence tout juste à se sentir chez lui, ici. »

Micah voyait Cass comme une femme plutôt pragmatique, si bien que cette affaire de chat ne cessait de le déconcerter. « Écoute, lui dit-il. Tu t'emballes, là. Tout ce qu'elle a dit pour l'instant, c'est qu'elle allait t'appeler.

— Et où est-ce que j'irais ensuite ?

— Personne n'a dit que tu devais partir.

— Pas *encore*.

— Bon, attends qu'elle te le dise avant de commencer à faire tes cartons, d'accord ?

— En plus, ce n'est pas évident de trouver un logement où les animaux sont acceptés, continua Cass comme s'il n'avait rien dit. Et si je finissais à la rue ?

— Cass. Il y a des *centaines* de personnes qui ont des animaux de compagnie un peu partout à Baltimore. Tu trouveras un autre logement, crois-moi. »

Il y eut un silence. Il distinguait des voix d'enfants à l'autre bout de la ligne, mais elles paraissaient lointaines. Cass devait se trouver dans la cour ; c'était sûrement la récréation.

« Cass ?

— Bien, merci de m'avoir écoutée », dit-elle brusquement avant de raccrocher.

Il fixa l'écran de son téléphone un moment, puis rechaussa ses lunettes et rangea l'appareil.

« Suis-je la vieille chouette la plus sotte de tous vos clients ? lui demanda Mrs Prescott.

— Non, pas du tout, lui répondit-il sincèrement. Vous n'êtes même pas dans le top dix. »

La formulation de Mrs Prescott l'amusa, car il était vrai qu'elle ressemblait un peu à un oiseau. Elle avait une petite tête ronde, et sa poitrine et son ventre formaient un unique renflement moelleux, planté sur ses jambes maigres comme des allumettes. Même chez elle, elle portait de petits talons qui la faisaient se dandiner légèrement.

Micah était assis à même le sol, sous son bureau – un imposant secrétaire à cylindre d'époque qui, curieusement, offrait un espace de travail assez restreint. (Les gens installaient leurs ordinateurs dans les endroits les plus improbables. À croire qu'ils n'avaient pas encore tout à fait saisi qu'ils n'écrivaient plus avec des stylos à plume.) Il avait débranché deux des câbles enchevêtrés raccordés au limiteur de surtension – l'un étiqueté MODEM, l'autre ROUTEUR, des mots qu'elle avait elle-même écrits d'une main assurée et en majuscules – et il avait les yeux rivés sur la trotteuse de sa montre-bracelet. « OK », dit-il enfin. Il rebrancha le câble du modem et observa de nouveau attentivement sa trotteuse.

« Mon amie Glynda ? dit Mrs Prescott sur un ton interrogatif. Vous ne la connaissez pas, mais je n'arrête pas de lui dire qu'elle devrait vous contacter. Elle a littéralement peur de son ordinateur ! Elle ne l'utilise que pour écrire des e-mails. Elle refuse de lui fournir la moindre *information*, comme elle dit. Je lui ai parlé de votre petit livre.

— Mm-hmm », se contenta de répondre Micah. Son livre s'intitulait *Règle numéro un : branchez-vous.* C'était un des best-sellers de Woolcott Publishing, mais Woolcott était une maison strictement locale et il ne s'attendait pas à faire fortune avec cet ouvrage.

Il raccorda le câble du routeur et entreprit de s'extirper de sous le bureau. « Et voilà la partie la plus difficile de mon travail », dit-il à Mrs Prescott tandis qu'il se mettait péniblement à genoux. Il agrippa le bord du bureau et se releva.

« Allons donc ! Vous êtes trop jeune pour dire ce genre de chose, le sermonna Mrs Prescott.

— Jeune ! Je vais sur mes quarante-quatre ans.

— Précisément. J'ai bien dit à Glynda que vous donniez des cours particuliers de temps en temps, enchaîna Mrs Prescott. Mais elle prétend que, deux minutes après votre départ, elle aura déjà tout oublié.

— Elle a raison. Qu'elle achète mon livre, ce sera suffisant.

— Mais les cours particuliers sont tellement plus… Oh ! Regardez ! »

Elle ouvrait de grands yeux devant son écran d'ordinateur, les mains jointes sous le menton. « Amazon ! s'exclama-t-elle, ravie.

— Eh oui. Bien. Vous avez regardé ce que j'ai fait ?

— Euh, je… Pas vraiment, non.

— J'ai éteint votre ordinateur, j'ai débranché le câble du modem, j'ai débranché le câble du routeur. Vous voyez les étiquettes, là ?

— Oh, monsieur Mortimer, je ne me souviendrai jamais de tout ça.

— Comme vous voudrez, dit-il en attrapant son porte-bloc posé sur le bureau pour rédiger sa facture.

— Je songe à commander une poupée afro-américaine à ma petite-fille. Qu'en dites-vous ?

— Votre petite-fille est afro-américaine ?

— Euh, non.

— Alors je trouve que ça ferait bizarre.

— Oh, monsieur Mortimer ! J'espère bien que non ! »

Il détacha l'exemplaire original de sa facture et la lui tendit. « Je suis presque gêné de vous faire payer, lui dit-il. C'était une broutille.

— Mais non, ne dites pas ça. Vous m'avez sauvé la vie ! Je devrais vous en donner trois fois plus. » Sur ce, elle partit chercher son chéquier.

Le fait est que, même si elle l'avait effectivement payé trois fois plus, ce travail lui rapportait à peine de quoi vivre, songea-t-il sur le chemin du retour. D'un autre côté, il aimait ce qu'il faisait et, au moins, il était son propre patron. Il n'appréciait pas tellement d'être aux ordres de quelqu'un.

Il fut un temps où l'on avait attendu davantage de lui. Il avait été le premier membre de sa famille à aller à l'université ; son père avait élagué des arbres pour le compte du fournisseur d'énergie Baltimore Gas & Electric et sa mère avait été serveuse, un métier que ses quatre sœurs exerçaient encore aujourd'hui. Ils avaient placé énormément d'espoirs en Micah. Mais cela n'avait pas duré. Pour commencer, il avait dû faire des petits boulots pour compléter sa bourse d'études partielle, ce qui l'avait empêché de suivre sereinement son cursus. Mais, plus grave encore : l'université ne correspondait pas à l'idée qu'il s'en était faite. Il s'était imaginé qu'il y trouverait toutes les réponses, qu'il y apprendrait une « théorie de tout », un condensé de connaissance à partir duquel il pourrait organiser son monde, mais, au lieu de cela, ces années d'études lui étaient apparues comme un prolongement du lycée. Les mêmes profs qui rabâchaient toujours les mêmes choses devant le tableau, les mêmes élèves qui bâillaient, s'agitaient et bavardaient pendant les cours magistraux. Il perdit son enthousiasme. Il se dispersa ; il changea de matière principale deux fois et se retrouva finalement en informatique, une discipline qui avait le mérite de ne pas tâtonner – c'était oui ou non, noir ou blanc, aussi logique et ordonné qu'un jeu de dominos. À mi-parcours de sa dernière année (qu'il avait mis cinq ans à atteindre), il abandonna la fac pour fonder une société éditrice de logiciels avec un étudiant de sa promotion nommé Deuce Baldwin. Deuce était l'investisseur et Micah la tête pensante – pour être plus précis, il avait conçu un programme qui triait et archivait les e-mails. Une telle invention ferait naturellement figure de dinosaure de nos jours. Le monde avait continué de progresser. Mais, à l'époque, ce logiciel comblait un réel manque, ce qui rendit la chose d'autant plus regrettable quand il s'avéra que Deuce et lui ne pourraient jamais s'entendre. Ces riches ! Tous les mêmes. À toujours se mettre en avant et à se croire tout permis. La situation se dégrada au point qu'il fallut y mettre un terme, et Micah se retira de l'affaire. Il ne put même pas emporter son programme parce qu'il n'avait pas eu la présence d'esprit d'en déposer le brevet.

Il tourna pour se garer sur sa place de parking et coupa le moteur. Sa montre indiquait onze heures quarante-sept. « Parfait », murmura le dieu de la Circulation. Micah avait fait tout le trajet sans un seul faux pas, sans la moindre hésitation ni rectification.

Oui, vraiment, sa vie était belle. Il n'avait aucune raison d'être malheureux.

Un client avait besoin qu'on nettoie son ordinateur infesté de virus et une épicerie familiale voulait mettre en place un système de paiement en ligne. Dans l'intervalle, Micah alla jeter un coup d'œil à un interrupteur défectueux dans l'appartement 1B. Le 1B était occupé par Yolanda Palma, une femme aux manières théâtrales, la petite cinquantaine peut-être, une impressionnante crinière brune et un visage mélancolique à la peau distendue. « Alors, quoi de neuf dans votre vie à vous ? »

demanda-t-elle en le regardant vérifier la tension électrique. Elle se comportait toujours comme s'ils étaient amis de longue date, ce qui n'était pas le cas. « Oh, pas grand-chose », répondit-il. Mais c'était comme s'il n'avait rien dit, car elle enchaîna immédiatement : « Moi, je me suis remise en selle. Je me suis inscrite sur un autre site de rencontre et j'ai recommencé. Il faut croire que certaines personnes n'apprennent jamais de leurs erreurs.

— Et comment ça se passe ? demanda-t-il, constatant que l'interrupteur était complètement fichu.

— Eh bien, hier soir, je suis allée boire un verre avec un type au Swallow at the Hollow. Un expert immobilier. Il a voulu me faire croire qu'il mesurait plus d'un mètre quatre-vingt-cinq, mais on connaît la chanson, n'est-ce pas ? Et ça ne lui aurait pas fait de mal de perdre quelques kilos, enfin, ce n'est que mon avis, vous me direz. Bref, j'apprends qu'il est divorcé depuis trois semaines et demie. Trois *et demie*, comme s'il comptait les jours, et pas pour les bonnes raisons. Comme si son divorce avait été une tragédie personnelle. Et, bien sûr, juste après il trouve le moyen de me dire que son ex-femme était si belle qu'elle aurait pu être mannequin. Qu'elle portait des robes taille trente-quatre. Qu'elle ne mettait que des talons aiguilles et donc que les tendons sous ses pieds ou je ne sais quoi avaient rétréci et qu'elle avait les orteils tout le temps cambrés. La nuit, si elle allait aux toilettes pieds nus, elle le faisait les talons levés. À l'écouter, cette démarche était séduisante, mais tout ce que ça m'évoquait, c'était une femme avec des sabots en guise de pieds, vous voyez ce que je veux dire ?

— Il va falloir que j'aille chercher un nouvel interrupteur pour réparer ça », lui signala Micah.

Elle était en train d'allumer une cigarette et dut recracher la fumée avant de parler. « D'accord, dit-elle avec désinvolture en glissant son briquet dans sa poche. Donc, on boit un verre, puis je lui dis que je ferais mieux de rentrer. Et là, il s'offusque : "Rentrer ! Je pensais qu'on pourrait aller chez moi", il me dit. Et puis il tend le bras et me serre le genou en plongeant ses yeux dans les miens d'un air entendu. Je le regarde. Je me fige. Je ne bronche pas. Il finit par retirer sa main et me dit : "Ou pas, j'imagine."

— Ha », lâcha Micah.

Il remettait désormais le cache de l'interrupteur en place. Yolanda l'observait, pensive, chassant sa fumée d'une main chaque fois qu'elle la recrachait. « Ce soir, c'est un dentiste, annonça-t-elle.

— Vous tentez *encore* votre chance ?

— Celui-ci n'a jamais été marié. Je ne sais pas si c'est bien ou pas. »

Micah se pencha pour ranger son tournevis dans sa sacoche à outils. « Je n'irai peut-être pas à la quincaillerie avant un jour ou deux, l'informa-t-il.

— Je serai par là. »

Elle était toujours par là, lui semblait-il. Il ignorait comment elle gagnait sa vie.

En le raccompagnant à la porte, elle lui demanda : « Qu'est-ce que vous en pensez ? », et lui fit soudain une grimace d'animal féroce, découvrant ses dents larges et parfaitement alignées, comme un double rang de touches de piano.

« À quel sujet ? dit-il.

— Un dentiste approuverait ça, d'après vous ?

— Bien sûr. »

Il se doutait cependant qu'un dentiste trouverait à redire sur sa consommation de cigarettes.

« Il m'a paru vraiment sympathique dans ses textos », dit-elle.

Et, tout à coup, elle s'illumina au point que sa peau sembla se retendre.

En général, lui et Cass ne passaient pas leur soirée ensemble le lundi. Mais son dernier client de la journée avait été un cabinet de podologie à l'extérieur de la ville, au-delà de la Beltway, et, alors qu'il rentrait chez lui, il remarqua sur sa gauche l'enseigne rouge et blanc, comme griffonnée à la main, de son restaurant de grillades préféré. Cédant à une impulsion, il tourna et s'engagea sur le parking, puis envoya un texto à Cass. *Et si j'apportais de l'Andy Nelson pour le dîner ?* suggéra-t-il. Elle répondit sur-le-champ, ce qui laissait supposer qu'elle était déjà rentrée du travail. *Bonne idée*, dit-elle. Il coupa donc le moteur et alla passer commande.

Il était plus de dix-sept heures, et il dut attendre au milieu d'une foule d'ouvriers en bleu de travail informe, de jeunes couples passionnément enlacés et de femmes à l'air soucieux entourées d'enfants qui braillaient. L'odeur de feu de bois et de vinaigre lui ouvrit l'appétit ; il n'avait mangé qu'un sandwich au beurre de cacahuète et aux raisins secs à midi. Il finit donc par commander deux fois plus que de raison : des travers de porc, certes, mais aussi du chou vert et des pommes de terre sautées, ainsi que du pain de maïs – de quoi remplir deux sacs en plastique. Durant tout le trajet sur la rocade, les effluves provenant de la banquette arrière le mirent au supplice.

Micah roulait en pleine heure de pointe et l'autoradio annonçait des ralentissements, mais il rêvassa, les mains nonchalamment posées sur le volant. Les collines à l'horizon semblaient s'oxyder, observa-t-il. En une nuit, les arbres avaient pris une teinte orange pâle.

Cass vivait dans une perpendiculaire de Harford Road, dans ce que l'on aurait pu prendre à tort pour une maison individuelle – des bardeaux blancs devenus gris avec le temps et une petite véranda côté rue –, mais il fallait bifurquer immédiatement à droite dans le vestibule et gravir un escalier pour rejoindre son appartement à l'étage. Arrivé en haut de l'escalier, Micah fit passer l'un de ses sacs sur son autre bras pour pouvoir frapper à la porte. « Ça sent divinement bon », dit-elle en le faisant entrer. Elle le débarrassa d'un sac, tourna les talons et ouvrit la marche jusqu'à la cuisine.

« J'étais à Cockeysville et c'est comme si ma voiture avait pris toute seule la direction du parking, expliqua-t-il. Mais je crois que j'ai trop commandé. » Il posa son sac sur le plan de travail et embrassa furtivement Cass.

Elle avait encore sa tenue d'institutrice – jupe quelconque, tricot quelconque, des vêtements discrets et ordinaires qu'il appréciait sans réellement les remarquer. D'une manière générale, il appréciait sincèrement son allure. Elle était grande, avait des gestes indolents, était pourvue d'une poitrine généreuse, de hanches larges ainsi que de solides mollets campés dans ses escarpins de mère de famille respectable. En fait, tout en elle évoquait une mère de famille respectable, ce que Micah trouvait assez excitant. Les femmes juvéniles ne l'intéressaient plus, semblait-il. Son visage à elle était ouvert et serein, ses yeux d'un gris-vert profond, et ses cheveux couleur de blé tombaient bien raides jusqu'à ses épaules ou presque, séparés par une raie et coiffés de manière naturelle. Regarder cette femme avait quelque chose de reposant.

Elle avait déjà dressé la table de la cuisine et placé un rouleau de papier absorbant au centre, parce que de simples serviettes n'auraient pas été adaptées à la dégustation de travers de porc grillés. Pendant qu'elle ouvrait les sacs et en sortait la nourriture, Micah prit deux canettes de bière dans le réfrigérateur. Il lui en donna une et s'assit en face d'elle avec l'autre.

« Comment s'est passée ta journée ? lui demanda-t-elle.

— Ça allait. Et la tienne ?

— Bien, à part le fait que Nan soit au courant pour Moustache…

— Ah. C'est vrai. » Il avait oublié.

« Quand je suis rentrée du travail, elle avait laissé un message sur mon répondeur pour que je la rappelle. »

Micah attendit. Cass se servit du chou vert et lui passa la barquette.

« Et qu'est-ce qu'elle te voulait ? finit-il par demander.

— Je ne sais pas encore.

— Tu ne l'as pas rappelée ? »

Cass choisit trois morceaux de porc dans leur boîte en polystyrène, les lèvres pincées en une moue qui, selon Micah, trahissait une certaine obstination. Il entrevit soudain la petite fille qu'elle avait probablement été.

« Ça ne sert à rien de remettre à plus tard, lui dit-il. Ça ne fait que repousser l'échéance.

— Je vais m'en occuper », rétorqua-t-elle d'un ton brusque.

Il préféra ne pas insister. Il mordit dans une côtelette.

Quand elle ne dormait pas, Cass saturait presque toujours les ondes de son appartement d'un air de musique, du son des informations ou d'un bruit quelconque. Le matin, elle mettait NPR, la radio nationale ; le soir, la télévision restait allumée, qu'elle la regarde ou non, et, pendant les repas, un flux ininterrompu de chansons de variété s'échappait mélodieusement de la radio de la cuisine. Micah, qui aimait le silence, parvenait à faire abstraction de tout cela un moment, mais finissait peu à peu par s'apercevoir qu'il était vaguement agacé sans trop savoir pourquoi, et c'était alors qu'il remarquait ce qu'il entendait. Cette fois, il dit : « Est-ce qu'on peut baisser un peu le son ? » Cass lui jeta un regard résigné et tendit la main pour diminuer le volume. Il aurait préféré qu'elle éteigne complètement, mais supposa que c'était trop en demander.

Cass et lui étaient ensemble depuis environ trois ans et ils avaient atteint ce stade où les choses étaient plus ou moins figées : des compromis avaient été faits, les incompatibilités conciliées, les bizarreries sans gravité laissées de côté. Ils avaient mis au point un système, pour ainsi dire.

Cass ne revint sur l'histoire avec Nan qu'au milieu du repas. « Non mais franchement, regarde ce qu'elle a, *elle* », dit-elle. Micah ne saisit pas tout de suite de quoi elle parlait, mais elle ajouta : « Un énorme golden retriever ! Bon, d'accord, c'est le chien de son fiancé, mais tout de même. On s'attendrait à ce qu'elle comprenne pourquoi je ne peux pas me séparer de Moustache. »

Micah s'était toujours étonné que Cass ait donné un nom aussi mignonnet à son chat ; cela ne lui ressemblait pas. Pourquoi n'avait-elle pas opté pour quelque chose de plus noble ? Pourquoi pas Herman ? Ou Georges ? Mais, bien entendu, il ne lui avait jamais fait la remarque. « Où est Moustache, au fait ? » demanda-t-il un peu tardivement. Il jeta un coup d'œil autour de lui dans la cuisine, mais ne vit le chat nulle part.

« C'est ça le pire, dit Cass. Tu sais qu'il disparaît toujours quand j'ai de la compagnie. C'est un pur hasard qu'il ait pointé le bout de son nez au moment où Nan était à la porte.

— Bon, revenons à l'essentiel, dit-il. Quand est-ce que Nan va renoncer à cet appartement et te laisser récupérer le bail ? Elle était déjà fiancée à ce type quand je t'ai connue.

— Bonne question. D'habitude, les gens se rencontrent, ils tombent amoureux, ils emménagent ensemble et se marient. Mais, apparemment, ça a échappé à Nan. »

Micah attendit quelques secondes avant de s'enquérir des dernières frasques de Deemolay, l'élève le plus difficile et le plus turbulent de Cass. Deemolay faisait régner le chaos dès qu'il entrait en classe, mais il vivait dans une voiture avec sa grand-mère et Micah savait que Cass avait un faible pour lui.

Au déjeuner, Deemolay avait enfoncé une règle en plastique dans le dos de Jennaya en lui faisant croire que c'était un cran d'arrêt. *Ça*, c'était un sujet intéressant.

Après le dîner, ils débarrassèrent la table et empilèrent la vaisselle sur le plan de travail parce que Cass ne partageait pas l'opinion de Micah selon laquelle il fallait tout nettoyer avant de quitter la cuisine. La vaisselle de Cass était en porcelaine véritable, ses couverts provenaient d'une ménagère et elle possédait beaucoup d'ustensiles tels qu'une essoreuse à salade et un porte-couteaux. Mais ça ne s'arrêtait pas là : son salon très meublé était envahi de coussins, tous ses tissus étaient assortis, et des plantes d'intérieur et des bibelots en céramique ornaient ses nombreux guéridons. Micah trouvait cela légèrement oppressant, mais il était tout de même impressionné. Il avait parfois le sentiment que son chez-lui ne faisait pas très adulte.

Ils passèrent au salon pour regarder le journal télévisé du soir, assis sur le canapé de part et d'autre du chat qui avait finalement daigné se montrer. C'était un jeune mâle efflanqué au pelage noir, avec, en effet, des moustaches blanches particulièrement longues, et il ronronnait entre eux deux, les yeux clos, le dos arrondi et les pattes cachées sous son ventre. La musique qui jouait toujours dans la cuisine faisait de la concurrence à la télévision, jusqu'à ce que Micah finisse par se lever pour aller éteindre la radio. Il ne comprenait pas comment Cass supportait ce flux sonore incessant. Il avait l'impression d'avoir le cerveau en compote.

Si cela n'avait tenu qu'à lui, il se serait aussi volontiers passé des informations. À dire vrai, Micah n'attendait plus grand-chose de ce pays. Ce dernier partait à vau-l'eau ces temps-ci, et il doutait de pouvoir y faire quoi que ce soit. Mais Cass était très concernée et elle tenait à absorber la moindre actualité, si déprimante fût-elle. Elle s'asseyait toute droite dans le salon plongé dans l'obscurité et regardait attentivement, la lumière de la télévision projetant un reflet doré sur son profil et la courbe de sa gorge. Micah adorait la courbe de sa gorge. Il se pencha vers elle et posa les lèvres sur le pouls qui palpitait juste en dessous de sa mâchoire ; elle inclina la tête pour le laisser faire, mais garda les yeux rivés à l'écran. « Chaque jour qu'on passe à nuire à la planète, il faudra dix ans pour en effacer les effets, lui dit-elle. Et il y en a qu'on ne pourra *jamais* effacer.

— Et si je restais ici cette nuit, murmura Micah à son oreille.

— Tu sais qu'il y a école, demain, dit-elle sans quitter l'écran des yeux.

— Juste pour cette fois, et je te promets que je me lèverai tôt et que je débarrasserai le plancher.

— Micah ? » fit-elle d'un ton interrogateur impliquant qu'il n'était pas raisonnable ; il ignorait pourquoi.

Elle acceptait presque toujours qu'il reste. Mais elle s'écarta et dit : « En plus, je croyais que c'était le soir où tu sortais les poubelles.

— Je peux le faire demain matin à la première heure.

— Et je n'ai pas fini de corriger mes copies ! »

Il savait reconnaître sa défaite. Il soupira et dit : « D'accord, d'accord. » Et, à la page de publicité suivante, il se leva pour partir.

« Tu ne veux pas emporter tes restes ? demanda-t-elle en le raccompagnant à la porte.

— Tu peux les garder.

— Bon, merci.

— Hé ! lança-t-il en se tournant vers elle. Je pourrais peut-être faire mon chili de renommée internationale demain. Et tu pourrais venir dîner en apportant le pain de maïs qu'on a laissé.

— Oh, je ne sais pas…

— Du chili avec du pain de maïs ! Miam ! dit-il sur un ton enjôleur.

— Bon, bon. D'accord. Si on ne finit pas tard. » Sur ce, elle ouvrit la porte et lui fit une bise sur la joue avant de reculer pour le laisser sortir.

Sur le chemin du retour, il eut les rues pratiquement pour lui tout seul, il resta toutefois sous la limite de vitesse autorisée. Il n'adhérait pas à la théorie selon laquelle la loi tolérait une petite marge de dépassement. Si cinquante kilomètres à l'heure signifiaient cinquante-cinq kilomètres à l'heure, ils n'avaient qu'à y aller franchement et *dire* cinquante-cinq.

« Voilà un homme sensé », approuva le dieu de la Circulation.

Micah s'engagea dans la Northern Parkway en direction de l'ouest. Il tourna à gauche dans York – en prenant soin de mettre son clignotant, bien sûr, même s'il était sur la file réservée aux véhicules qui tournaient à gauche. Quelque chose le taraudait, provoquant en lui une vague sensation de malaise. Il avait le sentiment que Cass avait été moins affectueuse que d'habitude. Depuis quand se souciait-elle de savoir quel soir il devait sortir les poubelles ? Mais elle n'était pas du genre à bouder sans raison apparente, comme d'autres femmes peuvent le faire, si bien qu'il chassa cette idée de son esprit. Il se mit à siffler « Moonlight in Vermont », qui se trouvait être la dernière chanson diffusée à la radio dans la cuisine de Cass.

Plus loin dans York Road, il commença à reconnaître les petits commerces et cafés. La plupart des boutiques étaient fermées à cette heure, et dans le crépuscule on distinguait à peine leurs enseignes au néon éteintes. Il prit à gauche dans Roscoe Street, puis à droite juste avant la friperie, et se dirigea vers le parking.

Quand il descendit de voiture, il attrapa sa sacoche sur le siège passager, enleva son panneau « TECHNO CRACK » du toit et les déposa tous deux en haut de son escalier. Puis il entreprit de sortir les bacs à ordures dans l'allée. Le bac du 2B – celui de Mr Lane – contenait un long tube postal en carton qui dépassait en biais du couvercle. Des recyclables le jour du ramassage des poubelles normales ! « *Oh là là, monsieur**[1], dit-il d'un ton de reproche. Vous êtes un *malow-trou* », ce qui correspondait d'après lui à la façon dont les Français prononcent le mot « malotru ». Et il secoua la tête tout en plaçant le bac à côté de celui du 2A.

Ah, les gens. Il fallait tout leur apprendre, pour certains.

1. Les mots et expressions en italique suivis d'un astérisque sont en français dans le texte. (*Toutes les notes sont de la traductrice.*)

2

Tôt le lendemain matin, alors qu'il était sur le point de se réveiller, Micah rêva qu'il trouvait un bébé au supermarché. Il le découvrait au détour d'un rayon, assis par terre droit comme un *I* devant les céréales pour le petit déjeuner, vêtu d'une simple couche-culotte. Micah s'arrêta net et le dévisagea. Le bébé lui rendit son regard d'un air réjoui – visage poupin, joues roses, touffe de duvet blond sur le haut du crâne : un bébé tout ce qu'il y a de plus ordinaire. Il n'y avait pas le moindre adulte à l'horizon.

Micah émergea lentement du sommeil, comme si celui-ci était constitué de plusieurs strates. Il ouvrit les yeux, puis battit des cils, le visage tourné vers le plafond. Il se demandait encore ce qu'il allait bien pouvoir faire du bébé. L'emmener aux objets trouvés, songea-t-il, mais cela supposait qu'il le prenne dans ses bras et il craignait qu'il ne se mette à pleurer. Ses parents voleraient alors à son secours et se méprendraient très probablement sur les intentions de Micah – ils pourraient même l'accuser d'enlèvement. Comment les convaincre qu'il ne voulait aucun mal à l'enfant ? Il savait que les apparences jouaient contre lui.

Il éteignit son réveil avant d'entendre le déclic de la radio qui se mettait en marche, et il se leva péniblement, sans réussir à chasser l'image du bébé. Il ne comprenait pas pourquoi il lui avait semblé si tranquille. Plein d'attente, même, comme s'il avait toujours su que Micah viendrait. Et une fois celui-ci dehors en train de courir, respirant l'air frisquet à pleins poumons, une pensée incongrue lui vint : il causerait un drôle de choc au bébé s'il saisissait à l'instant son torse nu entre ses mains froides.

Il grimaça et allongea le pas pour mieux se débarrasser des derniers vestiges du rêve.

À cette heure-là, il était quasiment seul dans les rues. Plus tard, les propriétaires de chiens arriveraient en masse, de même que les mères accompagnant leurs enfants à l'école. Son trajet décrivait un long ovale menant d'abord au nord, puis à l'ouest, où il y avait pléthore d'écoles.

Quand Micah faisait son jogging, il ne portait jamais ses lunettes. Il détestait les sentir rebondir sur son nez. Il détestait la façon dont elles se couvraient de buée quand il transpirait. C'était fâcheux parce que, ces dernières années, sa vision de loin s'était nettement dégradée. Non pas qu'il devînt aveugle ou quoi que ce soit ; il vieillissait tout simplement, comme son ophtalmologue l'avait formulé avec si peu de tact. La nuit, la signalisation au sol était presque invisible et, pas plus tard que la semaine précédente, il avait écrasé une araignée noire qui se révéla être du fil à coudre emmêlé. Sur le chemin du retour, ce matin-là, il commit l'erreur habituelle de confondre brièvement une certaine bouche d'incendie délavée, dont la teinte rosâtre rappelait celle d'un vieux pot de fleurs en terre, avec un enfant ou un adulte de très petite taille. Il y avait quelque chose dans le sommet arrondi de cet objet qui apparaissait progressivement à mesure qu'il descendait une pente menant à une intersection. Ça alors ! se disait-il chaque fois. Que faisait cette petite tête rousse au bord de la route ? Parce qu'il avait beau savoir, depuis le temps, que ce n'était qu'une bouche d'incendie, il ne se passait pas un matin sans qu'il soit un court instant victime de la même illusion.

Quand cette histoire de bouche d'incendie fut derrière lui, il ralentit et marcha, à bout de souffle, les mains sur les hanches pour mieux remplir ses poumons d'air. Il dépassa l'association caritative Mission of Kindness et le magasin de pièces automobiles ; il tourna dans sa rue et passa devant le restaurant de truites, puis prit à droite sur le trottoir fissuré et envahi de touffes d'herbe qui menait à son immeuble. Un jeune homme vêtu d'un blazer en velours côtelé camel était assis sur le bord du perron – enfin, plutôt un garçon, tout juste sorti de l'adolescence. « Salut, lança-t-il à Micah en se levant.

— Salut, répondit Micah, qui contourna le garçon par la gauche en montant les marches.

— Hum », fit le garçon.

Micah se retourna pour le regarder.

« Vous vivez ici ? demanda le garçon.

— Ouaip. »

Ce gamin était riche, observa Micah, beau comme peuvent l'être les jeunes gens bien éduqués et issus d'un milieu aisé. Des cheveux bruns soigneusement coupés suivant la forme de son crâne, le col de sa chemise blanche relevé sur la nuque, les manches de son blazer en velours retroussées presque jusqu'aux coudes (un style que Micah trouvait affecté). « Monsieur Mortimer ? dit-il.

— Oui ?

— Monsieur Micah Mortimer ?

— Oui ? »

Le garçon leva le menton. « Je m'appelle Brink Adams. »

Brink, quel prénom surprenant.

« Eh bien, bonjour, dit Micah d'un ton hésitant.

— Brink *Bartell* Adams », ajouta le garçon.

Cette précision avait-elle son importance ? Le garçon semblait le penser.

« Enchanté, fit Micah.

— Le fils de Lorna Bartell. »

Les bras de Micah glissèrent de ses hanches et il laissa échapper un « Houlà ! ».

Brink hocha plusieurs fois la tête.

« Lorna Bartell ! s'exclama Micah. Sans blague. Comment va cette chère Lorna ?

— Bien.

— Ça alors, qui l'eût cru ! Je n'avais plus pensé à Lorna depuis… pfiou ! Qu'est-ce qu'elle fait de beau ?

— Elle est avocate.

— Vraiment ? Ça, c'est étonnant.

— Ah bon, pourquoi ? demanda Brink en penchant la tête. Vous pensiez qu'elle faisait quoi ? »

À dire vrai, Micah ne s'était jamais posé la question. « Oh, eh bien, la dernière fois que je l'ai vue, ce n'était encore qu'une étudiante en, voyons, en seconde année, je crois…

— En dernière année », corrigea Brink.

En fait, non, il se trompait, mais Micah ne jugea pas utile de le corriger. « En tout cas, je suis quasiment sûr qu'elle n'avait pas encore décidé de ce qu'elle ferait ensuite », dit-il.

Brink semblait encore attendre quelque chose, mais Micah ignorait quoi. Il reprit : « Bref ! Tu habites dans le coin ?

— Non, je suis juste de passage. Je me suis dit que je pourrais vous rendre une petite visite.

— Ah, d'accord, c'est…

— Vous avez le temps pour un café ou autre ?

— Euh, oui. Tu veux entrer ?

— Merci. »

S'il avait été seul, Micah aurait déverrouillé la porte d'entrée et serait directement allé au sous-sol, mais cela impliquait de faire traverser la buanderie et la chaufferie à Brink, ce qui lui sembla un peu malvenu sans qu'il sache pourquoi. Il redescendit les marches et prit la contre-allée qui longeait le parking, Brink sur ses talons. « Où vit ta mère, maintenant ? lança Micah par-dessus son épaule, l'écho de sa voix résonnant faiblement tandis qu'ils empruntaient l'escalier extérieur.

— Elle est à Washington.

— Tiens donc. »

Il ne retrouvait pas le nom de la ville d'où Lorna était originaire, mais c'était une bourgade dans l'ouest du Maryland, où elle avait toujours prévu de retourner après l'université. Elle avait besoin d'être entourée de montagnes, disait-elle ; elle aimait la façon dont elles atténuaient l'effet de collision entre le ciel et la terre. Et maintenant, voyez-vous ça ! elle était avocate à Washington et avait un fils qui portait un blazer aux manches retroussées.

Micah ouvrit la porte de derrière et s'écarta pour laisser Brink entrer le premier. « Je te préviens, je n'ai plus de crème pour le café, dit-il en le conduisant dans la cuisine.

— Pas grave. »

Micah désigna l'une des chaises près de la table en formica et Brink la tira pour s'asseoir. Il regardait l'espace salon de la cuisine ouverte. « Pardon pour le désordre, dit Micah. J'aime aller courir avant de faire quoi que ce soit d'autre, le matin. »

Et, ensuite, il aimait se doucher ; il sentait déjà la sueur dans son dos le démanger en séchant. Mais il prit le café moulu dans le placard et commença à le doser. Sa cafetière était un percolateur électrique à l'ancienne, qu'il avait trouvé sur place quand il avait emménagé. Le bouton en verre sur le couvercle était enveloppé de ruban adhésif gris sale qui empêchait de voir à l'intérieur, mais il faisait encore du bon café. Micah le remplit d'eau du robinet et le brancha. « Tu prends du sucre ? demanda-t-il.

— Oui, s'il vous plaît. »

Micah posa le sucrier sur la table, ainsi qu'une cuillère. Il s'assit en face de Brink.

À présent, il était prêt à reconnaître que Brink pouvait tout à fait être le fils de Lorna, quand bien même il aurait été incapable de le deviner si on ne le lui avait pas dit. Ces cheveux bruns (qu'elle avait portés longs et en cascade), et puis ces yeux, bruns eux aussi, de véritables yeux de biche. Il n'avait pas la bouche de Lorna, cependant. Sa lèvre supérieure était incurvée, elle s'affaissait au centre, tandis que celle de Lorna était plus rectiligne et plus ferme.

« Alors, comme ça, ta mère est avocate, reprit Micah. Quel genre d'avocate ?

— Elle travaille pour l'aide juridictionnelle.

— Ah. D'accord. »

En d'autres termes, rien à voir avec la puissante femme de loi qu'il s'était figurée. C'était logique. Sa famille était membre d'une sorte d'église fondamentaliste et Lorna avait toujours voulu faire le bien dans le monde. Mais cela n'expliquait pas le fils aux allures de gosse de riches. « Et ton père ? demanda Micah.

— Il est avocat, lui aussi. Droit des affaires.

— Ah. »

Micah tambourina distraitement du bout des doigts sur la table. Le percolateur haleta derrière lui.

« Ils sont tous les deux… disons… carriéristes, dit Brink. Ils me demandent tout le temps quels sont mes projets. Mais j'en sais rien, moi, quels sont mes projets ! Je viens juste d'entrer au Montrose College ! Et même ça, c'est la honte pour eux. Ils auraient voulu que j'entre à Georgetown, où mon père est allé. Lui, c'est le pire ; on dirait que, quoi que je fasse, il ne sera jamais content.

— Dur, dur, dit Micah.

— Lui et moi, c'est le jour et la nuit. Je suis plus un type dans votre genre à *vous*.

— Moi ? s'étonna Micah. Comment saurais-tu quel genre de type je suis ?

— Vous vous contentez de petits boulots. Vous n'avez pas vraiment de métier. »

Génial : il était devenu le porte-drapeau des fainéants.

« Comment sais-tu ça ? demanda-t-il à Brink.

— C'est ma mère qui me l'a dit. »

Lorna se tenait au courant de ce qu'il faisait en ce moment ? Micah cligna des yeux, perplexe.

« J'ai trouvé une photo de vous dans une boîte à chaussures, avec d'autres qui dataient de ses années d'étudiante. Vous étiez tous les deux debout sous un cornouiller et vous aviez le bras autour d'elle. Du coup, je lui ai montré la photo et je lui ai demandé : “Qui c'est, lui ?”, et elle a fait : “Oh ! C'est Micah. Micah Mortimer”, et ensuite elle a ajouté que vous étiez son grand amour.

— Elle a dit ça ?

— Bon, elle a plutôt dit que c'était ce qu'elle pensait à l'époque.

— Ah.

— Je lui ai demandé où vous viviez maintenant, et elle a répondu que, aux dernières nouvelles, vous étiez une sorte de gourou de l'informatique à Baltimore. C'est ce que ma tante Marissa lui a raconté.

— Ta tante… ah, oui », dit Micah. Il devait s'agir de Marissa Baird – la camarade de chambre de Lorna à l'université.

« Mais maman a dit qu'elle avait cru comprendre que vous aviez eu une carrière en dents de scie, donc elle ne savait pas si c'était toujours d'actualité. »

Le percolateur entama sa dernière série de gargouillis frénétiques, signifiant que le café serait bientôt prêt. Micah se leva et alla prendre deux tasses dans le placard du haut. Il attendit la fin des gargouillis, puis remplit les tasses et les rapporta à table.

« Tante Marissa va encore à toutes les réunions des anciens élèves de leur fac, dit Brink. Elle sait ce que *tout le monde* devient.

— Je m'en serais douté. »

Micah fit glisser le sucrier vers Brink.

« Vous n'étiez pas très dur à trouver, lui dit Brink.

— Non, j'imagine.

— “Micah Mortimer, tous services”. Comme sur les pancartes des épiceries générales dans les westerns, non ? Trop bien !

— Merci », fit Micah d'un ton flegmatique.

Il prit une gorgée de café et observa le faisceau que projetait le soleil sur le sol. Le peu de lumière qui parvenait à filtrer par la fenêtre au-dessus de l'évier se présentait toujours sous la forme d'une rayure horizontale.

« La question, c'est pourquoi tu tenais à me retrouver », dit-il.

Brink remuait le sucre dans son café, mais il s'arrêta, leva les yeux vers Micah et répondit : « Franchement, ça se voit que je ne suis pas de cette famille. Je suis, comment dire, je ne suis pas à ma place. Ils sont tellement… Je suis plus comme vous.

— Mais tu ne me connais même pas.

— Peut-être, mais les gènes, ce n'est pas rien, objecta Brink en le fixant du regard.

— Les gènes ? »

Brink garda le silence.

« Je ne comprends pas, finit par dire Micah.

— Je crois que si, si vous réfléchissez bien.

— Pardon ? »

Brink poussa un soupir exaspéré. « Il faut que je vous fasse un dessin ? Vous et ma mère… Vous étiez ensemble… Ma mère tombe enceinte…

— *Quoi ?* »

Brink continuait de le fixer.

« Ça m'étonnerait que ta mère dise que *moi*, j'y suis pour quoi que ce soit.

— Maman ne dit rien du tout. Elle n'a jamais rien dit. Chaque fois que j'ai demandé qui c'était, elle a répondu que c'était sans importance.

— Sans importance », répéta Micah.

Il eut envie de rire, mais ne voulait pas être désagréable. « D'accord, raisonnons une seconde. Quel âge as-tu, pour commencer ?

— Dix-huit ans.

— Dix-huit ans. Et j'ai arrêté les études il y a au moins vingt ans, plus de vingt ans, même. À cette époque, ta mère et moi n'étions même plus ensemble ; on ne se fréquentait plus depuis des mois. Sans compter que… »

Sans compter que Lorna et lui n'avaient jamais eu le moindre rapport sexuel. Lorna portait un anneau en or provenant de son église, signifiant qu'elle s'engageait à « se réserver », comme elle disait, et Micah n'avait pas essayé de la faire changer d'avis. Il avait plus ou moins éprouvé de l'admiration pour son jusqu'au-boutisme, en quelque sorte. Ça, oui, une grande partie du charme de Lorna tenait à son jusqu'au-boutisme ! Toutefois, ce n'était probablement pas un sujet à aborder avec son fils.

Lequel le regardait d'un air absent, à présent. Son visage était comme figé. « Bon, c'est..., dit-il. Attendez, ce n'est pas possible.

— Pourquoi pas ? demanda Micah.

— Vous pouvez me dire la vérité, vous savez. Ce n'est pas comme si j'avais l'intention de vous coller un procès pour obtenir une pension, ou je ne sais pas quoi. J'ai *déjà* un père. Qui m'a officiellement adopté, au fait, quand maman et lui se sont mariés. Je n'attends rien de vous.

— Peut-être que ton père est vraiment ton père, suggéra Micah. Ton père biologique, j'entends.

— Non, j'avais déjà deux ans quand maman l'a rencontré.

— Ah. »

Brink avait l'air furieux, désormais. C'était comme s'il s'était volontairement mis dans cet état ; il repoussa soudain sa tasse. Une bonne partie du café qu'elle contenait éclaboussa la table. « Puisque je vous dis que c'était vous ! s'exclama-t-il. Qui voulez-vous que ce soit ?

— Ça, je l'ignore.

— Vous étiez le seul à avoir l'air d'un petit ami, dans la boîte à chaussures.

— Écoute, dit Micah. Je ne savais même pas qu'elle était tombée enceinte. C'est à elle que tu devrais demander des réponses. »

Brink continuait de lancer un regard noir à Micah. « Je lui ai posé la question un million de fois. Tout ce qu'elle sait dire, c'est que papa est l'homme qui l'a aidée à m'élever et que c'est la seule chose qui compte.

— Elle n'a pas tort, releva Micah.

— Mais qu'est-ce que vous faites de mon patrimoine génétique, hein ? Et si j'avais besoin d'être au courant de telle ou telle maladie héréditaire de ce côté de la famille ?

— Eh bien, si ça peut te rassurer, à ma connaissance il n'y a pas de maladie particulière dans *ma* famille », dit Micah.

Il avait dit cela pour détendre l'atmosphère, mais, en voyant l'expression de Brink, il comprit qu'il avait commis un faux pas. « Je plaisantais, dit-il. Je te ressers un peu de café ? »

Brink secoua la tête.

Sur le plan de travail, le téléphone portable de Micah sonna. Il se leva et alla jeter un œil à l'écran. C'était un numéro inconnu. Il débrancha l'appareil de son chargeur et répondit : « Techno Crack, bonjour.

— Vous êtes bien Micah Mortimer ?

— Oui.

— Oh, Dieu merci. Vous n'êtes pas facile à trouver. Vous ne vous souvenez probablement pas de moi ; mon nom est Keith Wayne, et vous m'avez aidé il y a quelques années quand vous étiez chez Computer-Master. J'ai arrêté de faire appel à eux ; on m'a dit qu'ils n'y connaissaient strictement rien… »

Il marqua une pause, peut-être pour laisser Micah abonder dans son sens. En réalité, Micah n'était pas d'accord avec lui ; c'était chez Computer-Master qu'il avait acquis la plupart de ses compétences en électronique. Mais il était parti parce que le patron était un abruti de première – le genre à commencer toutes ses phrases par

« Écoute-moi bien » et « Dis donc, mon pote » – alors il resta silencieux, et Mr Wayne finit par reprendre là où il s'était interrompu. « Et maintenant je suis dans la panade, c'est urgent, dit-il. J'ai perdu absolument tout ce qu'il y avait sur mon ordinateur. Mes documents, mes dossiers fiscaux… tout.

— Vous les aviez sauvegardés ailleurs ?

— Euh, c'est ça, le truc, je sais que j'aurais dû… »

Micah soupira et attrapa le bloc-notes à côté du grille-pain. « D'accord, dit-il, vous êtes dans quel coin ? »

L'homme vivait à Rodgers Forge. Micah l'informa qu'il serait là aux alentours de onze heures. Au fond de lui, il était ravi d'avoir une excuse pour partir. Après avoir raccroché, il dit à Brink : « On a besoin de moi, on dirait. »

Brink hocha la tête et se leva en évitant le regard de Micah. Il n'avait plus l'air furieux ; simplement abattu. En se dirigeant vers la porte, il dit : « Bon, merci pour le café, en tout cas.

— Essaie d'interroger encore ta mère, entendu ? » lui lança Micah.

Au moment de passer la porte, Brink se contenta de lever une main et de la laisser retomber.

« Et passe-lui le bonjour de ma part ! » ajouta Micah, comme un imbécile. Mais la porte se refermait déjà en émettant un discret *clic* de conclusion.

Micah resta immobile une bonne minute, peut-être, avant de secouer les épaules et d'aller prendre sa douche.

Les fichiers perdus de Mr Wayne étaient tout simplement cachés, s'avéra-t-il. Micah les retrouva en un rien de temps, et Mr Wayne se confondit en remerciements. « Cela dit… », commença Micah d'un ton sévère, mais

Mr Wayne leva les mains vers lui pour l'interrompre : « Je sais ! Je sais ! J'ai retenu la leçon : à partir de maintenant, je ferai des sauvegardes. »

Micah aurait dû lui demander comment il comptait s'y prendre. Il y avait fort à parier qu'il n'en avait aucune idée. Micah aurait alors pu lui dresser la liste des différentes options qui s'offraient à lui et peut-être même lui installer un logiciel, ce qui aurait considérablement augmenté le forfait minimum qu'il venait d'empocher. Mais le cœur n'y était pas. Il éprouvait un sentiment persistant d'inachevé, ou de travail bâclé, alors il abrégea : « Bien, vous avez mon numéro si vous avez besoin de moi. » Puis il se sauva.

C'était le gamin, pensa-t-il au volant de sa voiture en descendant Charles Street. Ce Brink lui revenait sans cesse à l'esprit. De toute évidence, il traversait une sorte de crise et Micah l'avait tout de même plus ou moins chassé de chez lui. Avec du recul, il se sentait coupable, à la fois vis-à-vis de Brink et de Lorna, parce que, même après toutes ces années, il éprouvait encore de la tendresse pour elle. Ou, plutôt, il éprouvait *de nouveau* de la tendresse pour elle. (Leur rupture avait été houleuse ; il l'avait surprise en train d'embrasser un autre type.) Mais, après tout, elle était son premier véritable amour. Il n'avait pas connu beaucoup de filles. Il passait un peu pour un asocial.

Quand ils s'étaient rencontrés, il était en troisième année et elle venait juste d'entrer à l'université. Elle mangeait seule à la cafétéria tandis que les autres filles se retrouvaient en bandes, gloussant et poussant des cris aigus aux tables voisines. Le voile brun de ses cheveux et son visage aux traits fins, sans aucun maquillage, son chemisier pastel et sa jupe aux couleurs passées que l'on aurait dit usés à force d'avoir été lavés : tout en elle dénotait une volonté de se tenir à l'écart. Pourtant, ce n'était en rien de la timidité ou un excès de modestie. Il émanait d'elle une étrange aura d'indépendance. Il avait posé son plateau sur sa table et demandé : « Je peux m'asseoir ici ? », à quoi elle avait répondu : « Vas-y », sans l'ombre d'un sourire. Il avait apprécié qu'elle n'en fasse pas des tonnes en le voyant arriver. Ni sourire radieux, ni exaltation dans la voix. Elle était elle-même, point. Une puriste, voilà comment elle lui était apparue. Ça l'intriguait.

Étant donné l'éducation fondamentaliste qu'elle avait reçue, il n'était pas surpris d'apprendre aujourd'hui qu'elle n'avait pas interrompu sa grossesse. La vraie surprise, c'était qu'elle soit tombée enceinte. Lorna Bartell, elle qui était si à cheval sur les principes ! Il ne l'aurait jamais cru.

La fourgonnette juste devant lui passa allégrement à l'orange, mais Micah, lui, avait anticipé et s'arrêta progressivement, tout en délicatesse. (« Vous avez vu ça ? s'émerveilla le dieu de la Circulation. Pas le moindre petit à-coup. »)

Le problème avec les ex-petites amies, songea Micah, c'est que chacune d'entre elles vous dépouille de quelque chose. Vous dites adieu à votre première grande histoire d'amour et passez à la suivante, pour vous rendre compte que vous avez moins à donner à celle-ci. Vous avez perdu un petit fragment de vous ; vous n'êtes plus investi de façon si totale dans votre nouvelle relation. Et encore moins dans celle d'après, et puis ça empire avec celle qui suit. Après Lorna, il avait fréquenté Zara – exotique et exubérante, amatrice de turbans en kenté. Et quand Zara l'avait quitté pour un collègue danseur, il s'était lié avec Adèle qui, s'avéra-t-il, brûlait surtout d'une passion pour la protection des animaux. Un jour, elle lui avait annoncé qu'elle partait travailler sur les loups dans les régions sauvages du Montana. Ou était-ce le Wyoming ? Oh non, la vie amoureuse de Micah n'était pas glorieuse. C'était comme si les femmes se désintéressaient systématiquement de lui ; il en ignorait la raison exacte. Aujourd'hui il y avait Cass, bien sûr, mais cela ne se passait assurément pas comme avec Lorna dans le temps. Avec Cass, tout était plus… feutré. Comme en sourdine. Plus paisible. Et il n'était certainement pas question de mariage. S'il y avait bien une chose que Micah avait apprise de toutes ces précédentes relations, c'était que vivre à deux en permanence était tout simplement source de complications.

Il bifurqua dans York Road pour aller chercher un interrupteur mural chez Ace Hardware. Il en profita également pour prendre un jeu de barres de maintien pour la salle de bains du 3B. Puis il s'arrêta au Giant pour acheter les ingrédients de son chili.

En passant dans le rayon des conserves avec son Caddie, il eut une sorte de flash-back qui le projeta dans son rêve du matin. Le bébé s'était trouvé en plein milieu d'une allée qui ressemblait fort à celle-ci. Il avait le dos bien droit et l'air déterminé, comme c'est souvent le cas des bébés qui viennent d'apprendre à se tenir assis. D'où diable ce rêve sortait-il ?

D'aucuns diront qu'il était prémonitoire, même si Brink n'était plus un nourrisson depuis longtemps.

De retour chez lui, il replaça les bacs à ordures derrière l'immeuble. Puis il entra, alla dans son bureau et ajouta l'interrupteur mural et les barres de maintien à la liste des frais remboursables qu'il tenait pour le propriétaire de la résidence. Sauf que, au lieu de « barres de maintien », il écrivit « porte-serviettes de remplacement », parce que les barres de maintien étaient des installations facultatives en principe laissées à la charge des locataires – en l'occurrence, les Carter. Mais bon, Luella Carter était atteinte d'un cancer, elle s'affaiblissait progressivement et risquait de plus en plus de faire de mauvaises chutes. Ce n'était pas comme si elle avait demandé une pomme de douche hydromassante ou quoi que ce soit, raisonna Micah.

Mr Gerard, le propriétaire, avait quatre-vingts ans passés et des oursins dans les poches, mais il vivait désormais en Floride et ne se mêlait pas tellement des affaires de Micah.

Après le déjeuner, il reçut trois appels, dont l'un fut assez divertissant. Un client voulait qu'on débarrasse l'ordinateur de son fils adolescent des nombreux fichiers pornographiques qui s'y trouvaient et qu'on y installe un logiciel de filtrage. Micah se régala en lisant les titres que le fils avait attribués aux fichiers en question. *Production de sorgho dans les États de l'Est*, *Données démographiques de Dayton, Ohio*... Ils lui rappelaient ces livres évidés destinés à dissimuler des objets de valeur, toujours choisis pour leurs titres austères au possible imprimés sur le dos afin de décourager les curieux de les ouvrir.

Le père de ce garçon venait d'un pays étranger, quelque part en Asie. Comme bon nombre des clients de sexe masculin de Micah, il se révéla du genre à apprécier la compagnie de celui-ci et à vouloir discuter technologies pendant qu'il travaillait. Il commença par lui demander son avis sur les imprimantes – laser ou à jet d'encre ? –, puis sur les inquiétudes en matière de protection de la vie privée soulevées par les appareils connectés pour la maison. Micah répondait par monosyllabes. Il préférait se concentrer sur une seule chose à la fois. Mais c'était sans grande importance : Mr Feng aimait parler, voilà tout.

Micah établissait sa facture quand Mr Feng déclara : « Un jour, vous m'avez aidé à régler un problème de logiciel malveillant, quand vous étiez chez Compu-Clinic. Je savais bien que votre tête me disait quelque chose.

— Ah oui ?

— Alors, comme ça, vous avez votre propre entreprise, maintenant ?

— Oh, *entreprise*, c'est un bien grand mot… »

Il détacha l'original de la facture et le tendit à Mr Feng, qui le parcourut les lèvres pincées. « Je crois que je ne vais rien dire à mon fils, confia-t-il à Micah. Il va rentrer à la maison, allumer son ordinateur et se demander ce qui s'est passé, mais aucun risque qu'il pose la question, pas vrai ? Et ce n'est pas moi qui vais lui fournir la moindre explication.

— Bonne idée, approuva Micah.

— Peut-être qu'il se dira que ça vient de Dieu. »

Ils rirent en chœur.

Les autres interventions ne furent pas aussi intéressantes, toutefois. Installer un nouveau système d'exploitation, configurer une nouvelle imprimante : des tâches ennuyeuses qui ne demandaient pas d'effort intellectuel à Micah.

Le garçon que Lorna avait embrassé s'appelait Larry Edwards. Non, Esmond. Son nom lui revint à l'esprit sur la route du retour, après l'intervention sur l'imprimante. Larry Esmond était petit et chétif, et il arborait une minuscule touffe de barbe brune au milieu du menton, comme si elle y avait été collée. Il faisait partie du groupe d'étude biblique de Lorna. Un après-midi vers la fin de l'automne, Micah traversait le campus pour se rendre au laboratoire informatique quand il aperçut Lorna et Larry sur un banc sous un chêne. Au début, il crut que Lorna était bouleversée pour une raison ou une autre et que Larry la réconfortait, parce qu'elle avait les épaules voûtées et la tête baissée, et qu'elle parlait tout bas, les yeux rivés sur ses cuisses, tandis que Larry, un bras posé sur le dossier du banc derrière elle, l'écoutait en hochant la tête d'un air grave. Mais, ensuite, il souleva sa main libre pour écarter délicatement une mèche de cheveux du visage de Lorna, et c'est là qu'elle se tourna vers lui et qu'ils s'embrassèrent.

Si ç'avait été une scène de film – l'amoureux bafoué qui reste un instant frappé d'horreur avant de s'élancer à grands pas, indigné ; la fille qui se lève d'un bond en plein désarroi ; l'importun malhabile qui se retrouve aussi debout, à balbutier des démentis et des explications –, Micah aurait poussé un grognement exaspéré. Du pur mélodrame ! Et rien à voir avec sa propre vie, ou celle de Lorna. Lorna était une personne si *fidèle*. Presque collante, parfois – sa façon de lui tenir le bras à deux mains quand ils marchaient côte à côte, de le supplier de la laisser l'accompagner chaque fois qu'il allait boire une bière avec des copains ou qu'il se rendait au gymnase pour faire quelques paniers.

Et pourtant, cette scène se jouait là, sous ses yeux : Lorna et Larry.

Mais il doutait que Larry soit le père de Brink. C'était difficilement concevable.

« Une cuillerée à café d'épices à chili, une cuillerée à café de sel, un quart de cuillerée à café de piment rouge broyé », dit-il tout en mesurant les ingrédients avant de les mettre dans le fait-tout. Il parlait toujours tout seul quand il faisait la cuisine. Il regarda de nouveau sa vieille fiche maculée de taches. « Deux gousses d'ail écrasées. » Il plaça deux gousses d'ail sur la planche à découper et les aplatit d'un grand coup avec son poêlon en fonte. Il souleva le poêlon et observa les gousses d'ail. Puis il examina le dessous du poêlon.

Quelqu'un frappa à la porte de derrière.

Il crut d'abord qu'il s'agissait de la porte principale, parce que c'était celle qu'utilisaient les locataires – celle côté salon, qu'ils pouvaient atteindre de l'intérieur du bâtiment. Mais non, il s'agissait bien d'un discret toc-toc à la porte qui se trouvait près de l'évier. Cass n'aurait pas eu la main aussi hésitante. Il posa le poêlon et alla ouvrir. Dehors, il découvrit le jeune Brink, en train de se balancer d'avant en arrière sur ses plantes de pied, les mains enfoncées dans les poches. Le soleil se couchait à présent, et l'air s'était suffisamment rafraîchi pour qu'il ait enfin rabaissé les manches de son blazer.

« Salut, dit-il à Micah.

— Tiens, bonjour. »

Brink se balançait toujours.

« Quoi de neuf ? lui demanda Micah.

— Oh, pas grand-chose.

— Tu veux entrer ?

— D'accord, dit Brink en s'essuyant les pieds sur le paillasson avant de suivre Micah dans la cuisine.

— Bonne journée ?

— Euh, ouais. J'ai trouvé une bibliothèque.

— Une bibliothèque, répéta Micah.

— J'y suis allé et je me suis posé. »

Voulait-il dire qu'il avait passé la journée entière assis là-bas ? Micah n'avait pas envie de poser la question ; il risquait d'ouvrir une boîte de Pandore et de le regretter. Il indiqua la table d'un geste de la main et dit : « Assieds-toi, je t'en prie. Tu veux une bière ? Ou peut-être… je ne sais pas », se reprit-il en se rappelant que Brink n'avait pas l'âge légal.

Mais Brink répondit : « Une bière, c'est bien », et Micah ne chercha pas à le dissuader. Il prit une Natty Boh dans le réfrigérateur et la lui passa. Puis il repartit devant le plan de travail et fit glisser l'ail écrasé dans le chili. « Un oignon émincé », lut-il. L'étape de la recette qu'il aimait le moins.

Derrière lui, il entendit le *pschitt* de la canette de bière qu'on ouvrait.

« Je lisais un livre sur les Orioles, lança Brink au bout d'un moment. Ça fait une éternité qu'ils jouent, c'est fou.

— Ça, c'est sûr, dit Micah.

— Depuis 1901, si on compte l'époque où ils s'appelaient les Brewers.

— Les Brewers de Milwaukee ?

— Oui. »

Micah se retourna pour le regarder. Brink se balançait sur sa chaise, tenant sa canette à deux mains.

« Mais, dans ce cas, ce n'étaient pas les Orioles, objecta Micah.

— Non, pour ça, il faut attendre 1953.

— Ah. »

Micah reprit la découpe de son oignon.

« Leur grande époque, cela dit, ça a été les années soixante, poursuivit Brink.

— Vraiment ? » dit Micah. Il fit glisser l'oignon émincé dans le fait-tout et mélangea. Déjà se dégageait cette odeur de cumin qui lui rappelait celle de la vieille sueur.

« Tu as bien creusé le sujet, dit-il à Brink.

— J'avais du temps à tuer. »

Micah attendit d'avoir commencé à faire revenir le bœuf haché avant de reprendre la parole. Il sortit une bière pour lui et s'assit sur la chaise libre. « Ça te dit de dîner ici ? demanda-t-il enfin.

— Ce serait super ! s'exclama Brink en laissant bruyamment retomber sa chaise en avant.

— C'est juste un chili. Et il y aura ma bonne amie, Cass.

— Un chili, c'est parfait ! s'enthousiasma à nouveau Brink. Et j'adorerais rencontrer Cass !

— Dis-moi… »

Brink prit un air méfiant.

« Dis-moi, qu'est-ce qui se passe exactement ? demanda Micah.

— Ce qui se passe ?

— Oui, tu devrais avoir cours en ce moment, non ? Ce n'est pas comme si c'étaient les vacances d'automne ou quoi.

— Non, pas vraiment. »

Micah ouvrit sa canette de bière, puis dit : « D'ailleurs, où se trouve le Montrose College ? »

Il détestait avoir à demander ça, mais Brink ne s'en offusqua pas. « C'est en Virginie, dit-il. Juste de l'autre côté de Washington.

— Tu as une chambre d'étudiant, là-bas ? Ou tu fais les allers-retours ?

— Oh, pitié, non. J'ai une chambre. Qui voudrait faire les allers-retours ?

— Évidemment, dit Micah avant d'avaler une rasade de bière.

— À propos, vous n'auriez pas un lit en plus que je pourrais squatter, par hasard ?

— Ici ? fit Micah, interloqué.

— Ou juste un canapé, sinon. Le vôtre ferait l'affaire, dit Brink en jetant un coup d'œil au salon.

— C'est-à-dire que… J'ai un genre de chambre d'ami, oui.

— Super ! Parce que là, il se fait tard pour prendre un train. »

La nuit n'était pas encore tombée. Les trains circulaient jusqu'à près de minuit. Mais Micah s'abstint de le relever. Il recula sur sa chaise et se leva pour remuer le chili. « Tu as des bagages ? lança-t-il par-dessus le grésillement de la viande.

— Non, je… je n'ai pas trop réfléchi. »

Il y eut une pause. Puis : « Une boîte de haricots rouges, dit Micah. Rincés et égouttés.

— Ça sent vraiment bon.

— J'aurais dû prendre des haricots crus et les cuisiner, mais, pour ça, il aurait fallu que je m'y mette plus tôt.

— Moi, ça me va, les haricots en boîte.

— Ils sont plus chers, cela dit.

— Ah. »

Micah faisait tourner l'ouvre-boîtes le long du rebord de la conserve. « Et toi, est-ce que tu cuisines beaucoup ? demanda-t-il.

— Pas du tout.

— Je vois. »

Micah vida les haricots dans une passoire et les rinça à l'eau froide.

À la porte de derrière retentit le bruit que faisait Cass quand elle frappait – un *tacatac* rapide. Micah posa la passoire dans l'évier et alla ouvrir. « Hé, salut », lui dit-il, à quoi elle répondit : « Salut toi-même », en lui tendant les restes de pain de maïs, à présent emballés dans du film étirable. Elle avait les joues un peu rouges et sentait bon l'air pur de l'hiver. Son regard glissa vers Brink.

« Je te présente Brink Adams, lui dit Micah. Le fils d'une amie de fac. Brink, voici Cass Slade.

— Hello, Cass », dit Brink. Il avait cette aisance, cet excès d'assurance qu'ont les jeunes nantis en présence d'inconnus.

« Brink fait l'école buissonnière, expliqua Micah. Il est au Montrose College.

— Oh, Montrose ! L'une de mes collègues enseignantes y est allée elle aussi », dit Cass.

Micah se sentit infiniment reconnaissant envers elle. « Tu veux une bière ? proposa-t-il.

— Oui, s'il te plaît. »

Elle se débarrassa de sa parka, la suspendit au dossier de la chaise libre et s'assit. « Tu dînes avec nous ? demanda-t-elle à Brink.

— Ouaip, dit-il avant d'ajouter : Je vais squatter la chambre d'ami.

— Ah oui ? »

Elle lança un regard interrogateur à Micah, qui hocha la tête en lui passant sa bière.

« Eh bien, tu vas adorer le chili de Micah, dit-elle à Brink après un bref silence.

— Il sent vachement bon. »

Un autre silence.

« Bon ! dit enfin Micah. Il faudrait peut-être que j'aille chercher la troisième chaise. »

Celle-ci se trouvait dans son bureau, devant l'ordinateur. Lorsqu'il revint avec dans la cuisine, Brink racontait à Cass l'histoire des Orioles. Cass l'écoutait poliment en prenant un air intéressé. « Vraiment ? » disait-elle de temps à autre. Puis : « Je ne suis pas originaire de Baltimore. J'ignorais tout ça.

— Oh, leur histoire remonte à loin.

— Et toi, tu joues au base-ball, Brink ?

— Non. »

Elle attendit la tête penchée, mais Brink n'ajouta rien.

S'il était absolument certain que Brink n'était pas son fils, Micah eut toutefois un aperçu de ce que cela ferait d'en avoir un – un fils qui ne lui aurait apporté que des déceptions en grandissant. Un raté.

Mais Cass ne renonçait pas facilement. Tandis que Micah mettait la table et remuait la salade, elle persévéra, pressant Brink de questions sur les sports qu'il pratiquait (le lacrosse, évidemment) et sur la matière principale qu'il pensait choisir (aucune idée). Micah déballa le pain de maïs et le répartit sur les trois assiettes. Il versa des cuillerées de chili sur le pain et parsema le tout de cheddar râpé, puis il s'assit avec les autres.

Au cours du dîner, Cass questionna Brink sur sa famille. Il avait un petit frère et une petite sœur, dit-il. La sœur était en CM1, ce qui, bien entendu, encouragea Cass à poursuivre l'interrogatoire sur ce sujet. Ce soir-là, elle s'était fait une queue-de-cheval – une coiffure que Micah n'appréciait pas tellement, il aimait mieux quand elle les lâchait, les laissant tomber bien raides – et elle semblait ainsi plus proche en âge de Brink que de Micah. Quand Brink lui parla de la dyslexie de sa sœur, elle se montra à l'écoute, hochant la tête avec compassion, sa queue-de-cheval rebondissant derrière son crâne. Micah ne comprenait pas pourquoi elle était soudain si captivée. Il la préférait plus réservée. Plus attentive à *lui*, pour être honnête.

Il alla faire chauffer l'eau pour la tisane digestive. Il ne demanda pas à Brink s'il en voulait.

Après le dîner, ils s'assirent côte à côte sur la banquette dans le bureau de Micah et regardèrent le journal du soir. La télévision était posée sur la table de travail avec l'ordinateur, à guère plus d'un mètre d'eux, tant la pièce était exiguë. « C'est ici que tu vas dormir, dit-il à Brink en tapant sur la banquette.

— Ça me va », répondit celui-ci.

Micah était assez curieux de connaître les opinions politiques de Brink, mais, pendant que les présentateurs parlaient, ce dernier ne leva pas les yeux de son téléphone portable. Micah avisa Cass, dans l'espoir d'échanger une grimace avec elle, mais elle resta obstinément concentrée sur une file d'immigrants latinos que l'on faisait monter comme du bétail dans un fourgon.

Cependant, bien avant la fin du journal, elle leva les bras en l'air pour s'étirer, bâilla bruyamment et dit : « Je ferais mieux d'y aller, je crois. Je suis vraiment morte. » Puis elle ajouta : « Bonne nuit, Brink. » Il leva enfin le nez de son téléphone et dit : « Hmm ? Oh. Content de vous avoir rencontrée. »

Micah attendit d'avoir rejoint la cuisine avec Cass pour lui demander : « Tu ne veux pas rester dormir ?

— Non. Tu as de la compagnie, dit-elle en prenant sa parka sur le dossier de la chaise, puis en l'enfilant d'un haussement d'épaules.

— Qu'est-ce que ça change ? »

Debout derrière elle, il l'enlaça et enfouit son visage dans son cou, ce recoin chaud qui semblait avoir été spécialement dessiné pour la pointe de son nez. « J'espérais un petit câlin », murmura-t-il.

Mais elle s'extirpa de ses bras et avança vers la porte. « Tu ne m'as même pas demandé pour Nan, rétorqua-t-elle.

— Oh ! Nan, c'est vrai. Tu l'as appelée ?

— Non, dit-elle en ouvrant la porte pour sortir.

— Tu ne crois pas que tu devrais ? »

Elle se retourna et lui lança un regard qu'il ne sut pas déchiffrer. « Peut-être que je ferais aussi bien d'aller vivre dans une voiture avec Deemolay et sa grand-mère, s'agaça-t-elle.

— Allons, allons, dit-il d'un ton taquin. Pourquoi tu ferais ça alors que tu as ta propre voiture ? »

Mais cela ne lui rendit pas le sourire. Elle se contenta de fermer la porte derrière elle et le laissa tout seul dans la cuisine.

Il fixa la surface neutre de la porte un moment, puis fit demi-tour et regagna son bureau. Il ferait bien d'aller chercher des draps pour Brink, se dit-il. Ensuite, il se retirerait dans sa chambre. D'ordinaire, le soir, il traînait sur le canapé et jouait au solitaire sur son téléphone, mais pas cette fois. Pas devant un témoin, pour ainsi dire. C'était tout l'ennui avec les invités : ils envahissaient votre espace. Ils s'infiltraient partout.

L'image du bébé au supermarché – son regard plein d'attente tourné vers lui – surgit dans son esprit. Micah pensa alors, et ce n'était pas la première fois, que les rêves prémonitoires n'étaient pas d'une grande utilité si leur signification n'apparaissait qu'*a posteriori*.

3

En bon adolescent qu'il était, Brink aimait visiblement faire la grasse matinée. Quand Micah sortit faire son jogging le lendemain matin, la porte du bureau était toujours fermée et aucun bruit ne filtrait à travers. Même chose à son retour et, plus tard, quand il émergea de sa douche. Il se demanda quoi faire si un client l'appelait avant que Brink se réveille : devait-il partir malgré tout ? Oui, *a priori*. Le gamin n'avait rien d'un criminel.

Tandis qu'il préparait des œufs brouillés, il remarqua le téléphone portable protégé par une coque pailletée posé près de la gazinière. Brink avait dû repérer le chargeur de Micah à un moment la veille au soir, et se le noter dans un coin de la tête avant de retourner à la cuisine pour brancher son téléphone une fois que Micah avait rejoint sa chambre. Ce dernier en éprouva un sentiment désagréable d'invasion, tout en étant conscient, bien sûr, qu'un câble de chargeur n'était pas vraiment un objet personnel. Il chassa cette impression et déposa ses œufs dans une assiette.

Flûte, il aurait dû faire du bacon. D'expérience, Micah savait que l'odeur du bacon en train de frire était le plus efficace de tous les réveille-matin.

Ding ! fit le téléphone de Brink. Un texto. La sonnerie était si forte que Micah jeta un nouveau coup d'œil vers la porte du bureau, mais ne perçut toujours pas le moindre mouvement. La sonnerie de rappel retentit deux minutes plus tard. Micah s'assit devant ses œufs.

Le percolateur haleta une dernière fois et Micah se leva pour se servir son premier café. Quand il se rassit, sa tasse à la main, le téléphone émit un autre *ding*. « *Es muy misterioso* », dit-il à voix haute. Il ajouta de la crème à son café et attendit la sonnerie de rappel.

Avant de terminer son petit déjeuner, il entendit trois autres textos arriver. Alors, pendant qu'il faisait couler l'eau pour faire tremper sa vaisselle, il attrapa le téléphone et appuya sur le bouton d'accueil. Une avalanche de messages en attente apparut, remplissant tout l'écran de veille. *Dis-nous que tu es en vie c'est tout ce que je demande*, et *Ton père s'est mal exprimé*, ou encore *Brink je suis sérieuse fais-moi signe* TOUT DE SUITE, et puis…

Micah reposa le téléphone.

« *Es* pas si *misterioso* en fin de compte », dit-il en fermant le robinet.

Son propre téléphone restait obstinément silencieux ; donc, après avoir nettoyé derrière lui, il alla chercher sa sacoche à outils dans la chaufferie et grimpa l'escalier qui menait au rez-de-chaussée. Il avait pris ses clés au cas où, mais, quand il sonna au 1B, Yolanda ouvrit immédiatement. Elle portait sa tenue de sport – pantalon ample et T-shirt à l'effigie des Ravens de Baltimore – et une voix féminine pleine d'entrain s'échappait de sa télévision : « En haut, deux, trois, quatre ; en bas, deux, trois, quatre… », scandait-elle.

« Je vous dérange ? demanda Micah.

— Oh, pensez-vous, non. Toutes les excuses sont bonnes pour arrêter ma séance de torture. » Elle traversa le salon pour éteindre la télévision. Le silence soudain résonna aux oreilles de Micah, un peu comme un écho.

« Vous êtes déjà sorti, ce matin ? lui lança-t-elle tandis qu'il se dirigeait vers sa penderie au bout du couloir.

— Je suis sorti, oui. »

La penderie regorgeait tellement de vêtements qu'ils lui sautèrent presque à la figure quand il ouvrit la porte. Au milieu d'un amas de tissus aux effluves de parfum et de renfermé, il se dégagea tant bien que mal un accès au boîtier du disjoncteur fixé sur le mur du fond.

« Il faisait froid ?

— Frisquet », répondit-il en refaisant surface. Il se rendit dans le salon et commença à dévisser le cache de l'interrupteur mural.

« Zut. Je vais devoir rentrer ma voiture.

— Oui, enfin, il ne fait pas *froid, froid.* »

Il y eut un silence, durant lequel elle le regarda débrancher l'ancien interrupteur et plonger la main dans sa sacoche à outils pour en sortir le nouveau. « Bon, dit-elle. Vous ne m'avez pas demandé comment s'était passé mon rendez-vous avec le dentiste.

— Ah, le dentiste.

— Il se trouve qu'il vit avec sa mère. »

Micah pouffa de rire.

« Mais ce n'est pas forcément mauvais signe. Ça pourrait juste vouloir dire qu'il a bon cœur.

— Bien sûr.

— Qu'est-ce qu'on dit, déjà ? Qu'il vaut mieux épouser un homme qui s'entend bien avec sa mère, ou avec son père ?

— Je ne savais pas que l'un ou l'autre était un critère.

— J'oublie tout le temps. Et, bien entendu, hors de question de s'enticher d'un homme qui serait *trop* attaché à sa mère.

— Cela va sans dire. »

Les fils du nouvel interrupteur étaient désormais raccordés. Micah l'encastra dans le mur et se pencha pour ramasser le cache par terre près de sa sacoche à outils.

« Il lui a tout de même téléphoné à trois reprises au cours de la soirée, dit Yolanda, songeuse.

— Oh-oh.

— La troisième fois, elle lui a dit qu'elle avait peur à cause des bruits qu'elle entendait dans le jardin, et qu'elle voulait qu'il rentre.

— Et il a obéi ?

— Eh oui. »

Micah serra la dernière vis, puis repartit au fond du couloir pour rétablir le courant. Quand il revint, Yolanda l'attendait en faisant la moue, bras croisés et serrés sur la poitrine. « Vous me trouvez idiote.

— Quoi ?

— Vous vous dites que je me fais des illusions. »

Micah appuya sur l'interrupteur et le plafonnier s'alluma. « Bingo, dit-il.

— Vous pensez vraiment que je me fais des illusions ?

— Non, je voulais dire : “Bingo, votre interrupteur remarche.”

— Ah. »

Il éteignit la lumière. Yolanda semblait attendre qu'il poursuive la conversation. « A-t-il au moins approuvé l'état de vos dents ? » demanda-t-il enfin.

Il crut un instant qu'elle n'allait pas répondre. Elle se contentait de le scruter en faisant la moue. Mais elle finit par laisser retomber ses bras et dit : « Il n'en a pas parlé. Bon, merci d'être venu, hein.

— De rien », conclut-il, puis il ramassa ses outils et s'en alla.

Il avait descendu la moitié de l'escalier menant au sous-sol quand son téléphone sonna, et il s'arrêta pour le sortir de sa poche. ADA BROCK. Sa sœur aînée, l'« agent de liaison » de la famille, comme ses autres sœurs la surnommaient. Il décrocha : « Ada.

— Salut, trésor. Comment ça va ?

— Bien.

— Devine quoi ! Tu ne vas pas en revenir.

— Quoi ?

— Joey se marie.

— Quoi ! »

Joey était le petit dernier d'Ada – son bébé, disait-elle, même s'il devait avoir la vingtaine, à présent. Il vivait encore chez ses parents (visiblement, c'était le thème du jour) et Micah avait toujours pensé qu'il était trop grassouillet, trop benêt et trop oisif pour avoir ne serait-ce qu'une petite amie occasionnelle, alors une épouse… Et pourtant : « Il l'a rencontrée dans une épicerie il y a *des mois* de ça, figure-toi, mais il ne nous en a pas dit un mot. Tu te rappelles quand il envisageait de se lancer dans la gestion de produits alimentaires ?

— La gestion de produits alimentaires ?

— Je suppose qu'ils sortent ensemble depuis cette époque, mais tu crois qu'il nous en aurait informés ? Penses-tu. Et hier soir au dîner, voilà qu'il nous sort : “Lily et moi, on veut se marier ; je pourrais avoir un lit double à la place de mon lit simple ? – Lily ? je lui réponds. C'est qui, cette Lily ?” Et il m'annonce comme ça : “C’est ma fiancée.” Genre, *t’es bête ou quoi ?* Alors je lui dis : “J’ai cru comprendre, mais on n’avait jamais entendu son nom. – Eh ben, maintenant c’est fait”, qu’il me dit. Quel culot, celui-là. Franchement, ce n’est pas typique d’un garçon ? Les filles, elles racontent tout, de vrais moulins à paroles ; je pourrais te dire la couleur des caleçons de leurs petits copains, mais Joey, lui, il nous sort tout à coup une parfaite étrangère. C’est un monde !

— Elle est étrangère ?

— Quoi ? Non, elle est américaine.

— Mais tu viens de dire…

— Une fille qui nous est étrangère, je voulais dire. Une inconnue.

— Ah.

— Bref, tu peux venir dîner demain soir ? Viens avec Cass. Phil nous fait son fameux porc grillé.

— Et tu veux que je vienne parce que…

— Pour rencontrer Lily, évidemment. J’ai demandé à Joey de l’inviter à la maison. Je lui ai dit : “Je refuse d’attendre que ta future femme s’avance vers l’autel pour la voir de mes propres yeux.”

— Je vais devoir aller au mariage ? » demanda Micah. Il détestait les mariages ; il y avait toujours trop de monde.

« Bien sûr que tu dois venir au mariage. Tu fais partie de la famille.

— Je n’ai pas eu à aller à celui de Nancy.

— Elle n’est pas mariée.

— Ah bon ? »

Micah prit un moment pour digérer cette information. Nancy avait trois enfants.

« Dix-huit heures, reprit Ada. Viens avec Cass, elle est tellement douée pour faire sortir les gens de leur coquille. Je ne sais rien sur cette fille et, du jour au lendemain, je me retrouve à bientôt vivre avec elle.

— Bon, d'accord. Peut-être à bientôt, alors.

— Il n'y a pas de *peut-être* qui tienne », répliqua Ada.

Il raccrocha bien qu'elle fût probablement encore en train de parler.

Quand il arriva chez lui, le téléphone de Brink émit encore un *ding*. Il alla y jeter un œil. Un nouveau texto venait d'arriver : *Si je n'ai pas de tes nouvelles d'ici*... Là, il se rendit compte que l'icône représentant un téléphone en bas de l'écran affichait un petit 24 rouge. Vingt-quatre appels en absence ; doux Jésus.

Il débrancha le câble du chargeur et emporta le téléphone jusqu'à la porte du bureau, où il frappa trois grands coups. Pas de réponse. Le téléphone émit un autre *ding*. Micah frappa encore, puis entra et découvrit un chaos faiblement éclairé – le blazer en boule sur l'imprimante, le reste des vêtements par terre, une chaussure au pied du bureau et l'autre près de la banquette, qui de prime abord ressemblait surtout à un amas de couvertures. C'était tout de même fascinant de voir à quel point un adolescent sans le moindre bagage parvenait à mettre la pagaille ! Micah traversa la pièce d'un pas déterminé pour jeter le téléphone à côté du visage endormi de Brink. « Appelle ta mère », ordonna-t-il.

Brink ouvrit les yeux et, d'un air absent, fixa le téléphone à quelques centimètres de son nez. Il grogna et se redressa péniblement. « Hein ? » lâcha-t-il.

Même après une nuit de sommeil, ses cheveux étaient toujours parfaitement coiffés, mais sa joue gauche portait la trace de l'oreiller.

« Ta mère. Appelle-la.
— Pour quoi faire ?
— Lui dire que tu vas bien.
— Hmm », se contenta de répondre Brink.

Micah attendit qu'il ait posé les pieds au sol et qu'il soit assis au bord de la banquette, en train de cligner des yeux pour en chasser le sommeil, avant de quitter la pièce.

Dans la cuisine, il refit du café et mit deux tranches de pain à griller. Brink émergea du bureau et se traîna jusqu'à la salle de bains, en T-shirt et boxer. Il reparut moins d'une minute plus tard et regagna le bureau sans plus d'entrain, s'ébouriffant les cheveux d'une main. La porte claqua derrière lui.

Micah mit la table en faisant ostensiblement du bruit avec la vaisselle pour ne pas avoir l'air d'écouter à la dérobée. Non pas qu'il y eût quoi que soit à entendre. Si Brink était effectivement en train d'appeler, il prenait soin de baisser la voix. Ou, autre explication, il avait choisi d'envoyer un texto. Ou alors il ignorait sciemment l'instruction que lui avait laissée Micah – c'était une possibilité à envisager. Quoi qu'il en soit, il ressortit quelques instants plus tard, presque habillé désormais. Sa chemise était plus fripée que la veille et elle n'était pas rentrée dans son pantalon, mais son col était encore soigneusement relevé sur la nuque. Il tira une chaise et s'y affala. Il posa un coude sur la table pour tenir sa tête d'une main.

Micah ne se souvenait pas d'avoir été si jeune et si flapi après une nuit de sommeil.

« Tu l'as appelée ? demanda-t-il à Brink en remplissant sa tasse.
— Ouais, répondit celui-ci avant de lever la tête pour attraper le sucre.

— Tu lui as parlé ?

— Ouais. »

Micah déposa les deux tranches de pain grillé dans l'assiette de Brink. Il fit glisser le pot de confiture vers lui. Il n'aurait que des tartines et du café pour le petit déjeuner, rien d'autre, parce que, en toute honnêteté, ces histoires d'hospitalité commençaient à bien faire.

Cela aurait dû lui suffire de savoir que Lorna avait désormais l'esprit tranquille, mais, curieusement, ce n'était pas le cas. Que lui avait dit Brink, exactement ? Avait-il parlé de Micah ? Et, si oui, qu'avait-elle dit, *elle* ? Avait-elle demandé plus de détails sur lui ? Non, c'était peu probable ; l'appel n'avait pas duré assez longtemps. Et, de toute manière, pourquoi se soucierait-elle de lui après toutes ces années ?

Brink mit tellement de confiture sur son pain que, en croquant la première bouchée, il dut soulever la lèvre supérieure pour ne pas se retrouver avec une moustache. Ce geste lui donna l'air d'un chien féroce. Micah, nonchalamment appuyé contre le plan de travail, détourna le regard.

Une sonnerie retentit dans l'une des poches de Brink. C'était une de ces imitations du carillon des téléphones fixes d'autrefois, un choix étrange pour un ado. Brink continua de mâcher sa tartine. Le téléphone continua de sonner. « Tu as l'intention de décrocher ? demanda enfin Micah.

— Nan. »

Brink attrapa son café et but une gorgée. Il gardait les yeux complètement baissés. Ses cils étaient courts mais fournis, comme les poils d'un pinceau d'artiste.

À la réflexion, un ado pouvait choisir d'attribuer cette sonnerie aux adultes de son entourage.

« Tu l'as bien contactée, hein ?

— J'ai dit *oui*. Quoi ! Vous ne me croyez pas ? »

Micah se redressa.

« Tu ne l'as pas appelée. »

Brink soupira bruyamment et leva les yeux au ciel.

« Écoute, commença Micah. Je ne suis pas sûr de comprendre ce qui se passe au juste, mais, de toute évidence, elle s'inquiète pour toi. Ça ne va pas te tuer de lui dire que tu vas bien, si ?

— Qu'est-ce que vous en savez, vous ? » s'exclama Brink. La colère soudain perceptible dans sa voix surprit Micah. « J'en ai marre d'avoir toujours tort ! Ras le bol ! Je croyais que vous, au moins, vous pourriez me comprendre, mais non, pas du tout ; vous êtes direct de *leur* côté, comme tout le monde.

— Je ne sais même pas de quel côté tu te trouves, toi, dit Micah. Tu ne m'as absolument rien expliqué.

— Ben, vous m'avez posé la question ?

— Très bien, je te la pose maintenant. OK ? »

Brink garda le silence. Il serrait les poings de part et d'autre de son assiette.

« Bon, finit par dire Micah. Je ne peux pas te forcer à parler. Et je ne peux pas non plus te forcer à appeler ta mère. Mais ne compte pas sur moi pour être ton complice dans cette histoire. Soit tu lui dis tout de suite où tu es, devant moi pour que je t'entende, soit tu t'en vas.

— Très bien, je m'en vais. »

Mais Brink resta assis.

« Vas-y, alors », dit Micah.

Bien entendu, le téléphone de Brink avait cessé de sonner. Il y eut une pause, puis il se leva de sa chaise. Il tourna les talons et alla dans le bureau tandis que Micah l'observait sans savoir à quoi s'attendre. En un rien de temps, Brink reparut, tenant son blazer du bout du doigt sur son épaule, et se dirigea vers la porte de derrière. Il l'ouvrit et sortit. « Et…, lança Micah en le suivant sans se presser. Et où est-ce que tu comptes aller, maintenant ? »

Brink ne répondit pas. La porte se ferma derrière lui.

Micah s'arrêta net.

Il avait très mal géré la situation, constata-t-il. Mais, même si on lui avait donné une seconde chance, il ne savait pas trop comment il aurait pu s'y prendre autrement.

Un homme habitant le quartier de Guilford voulait qu'on vérifie la présence de logiciels malveillants sur son ordinateur. Une femme qui avait lu *Règle numéro un : branchez-vous* voulait savoir combien il facturait pour des cours particuliers, mais dit ensuite qu'elle devait en discuter avec son mari. Une autre femme avait besoin d'aide pour installer son nouveau modem. Son fournisseur d'accès, Comcast, lui avait assuré qu'elle pourrait aisément le faire toute seule, précisa-t-elle.

« Mais vous savez comment ça se passe, ajouta-t-elle.

— Oh, que oui », répondit Micah.

D'ailleurs, lui-même finit par appeler l'assistance téléphonique parce qu'ils avaient manifestement envoyé un produit d'occasion encore attribué à son précédent propriétaire. Il dut patienter près de vingt minutes au bout du fil, mais il n'en tint pas compte sur sa facture parce que la cliente n'y était pour rien. Il lui dit qu'il en avait profité pour regarder ses e-mails et qu'il ne considérait pas cela comme du temps de travail.

Puis il eut un répit dans son emploi du temps, dont il profita pour s'acquitter de quelques menues corvées. Il fit la poussière dans son appartement – sa tâche habituelle du mercredi –, défit les draps de la banquette et lança une machine. Il ratissa les feuilles qui s'étaient accumulées devant les fenêtres du sous-sol. Il installa les barres de maintien dans la salle de bains des Carter.

Il était regrettable que les Carter vivent au deuxième étage, parce que Luella n'avait plus la force de monter et descendre les escaliers. Son monde se réduisait désormais à quatre pièces, guère plus, et cela faisait une éternité que Micah ne l'avait plus vue autrement vêtue que d'une robe de chambre. Elle n'était pas si âgée que cela, pourtant – une petite soixantaine tout au plus, une femme autrefois corpulente devenue malingre. Mais elle ne semblait pas vraiment prendre la mesure de sa situation. Elle le rejoignit dans la salle de bains d'un pas mal assuré pour lui tenir compagnie pendant qu'il travaillait et, entre deux inspirations courtes et laborieuses, toute joyeuse, elle lui décrivit la récente visite de son groupe de tricot. « On se connaît depuis belle lurette, lui dit-elle. On est six et on ne fait pas que tricoter ; on part en excursion, de temps en temps. Au printemps dernier, on est allées visiter une fabrique de pickles sur le front de mer et, au moment de partir, le gérant nous a donné à chacune un bocal de mini-cornichons. Un délice ! Et puis, tous les ans pour Halloween, on va dans une ferme dans le comté de Baltimore et on apporte de quoi pique-niquer. J'ai hâte ! On rigole tellement chaque fois ! Oh, on est une sacrée bande de zouaves, je peux vous le dire. Cette année, on a prévu d'acheter des mini-citrouilles, de la taille d'une balle de base-ball, parce que ma copine Mimi a trouvé une recette de soupe servie dans des citrouilles évidées, et c'est tout bonnement adorable ! Aussi joli que dans les magazines. »

Micah ne voyait absolument pas comment elle pouvait espérer aller pique-niquer à la campagne, encore moins se préparer sa propre soupe, mais il se contenta de dire : « Vous me garderez de la soupe, Luella ?

— Oh, on verra, répondit-elle en riant. Seulement si vous êtes sage. »

Puis Micah commença à percer, mais cela n'empêcha pas Luella de continuer à parler. Quand la perceuse s'arrêta de nouveau, elle était vraisemblablement en train d'énumérer les vertus des tisanes. « On dit que la camomille est le meilleur remède pour ça », disait-elle. Il crut d'abord qu'elle faisait référence au cancer, avant de comprendre qu'il s'agissait des insomnies. « En buvant de la camomille juste avant de se coucher, on est censé s'endormir *illico*. Alors j'ai dit à Donnie : "Fais-m'en une tasse ce soir, qu'on voie un peu si ça marche", je lui ai dit, parce que, franchement, je veux bien essayer n'importe quoi. Vraiment n'importe quoi. Ça me rend *marteau* de ne pas dormir ! Je me tourne du côté gauche, du côté droit, je tape mes oreillers. J'écoute Donnie ronfler comme un sonneur et j'ai l'impression qu'il me torture, comme s'il me disait : "Regarde ! J'arrive à dormir sans problème, moi !" Mais vous savez quoi ? Cette tisane ne m'a rien fait du tout. D'abord, elle avait un goût d'eau de vaisselle et, en plus, elle n'a pas eu le moindre effet. Je suis restée tout la nuit allongée, à attendre… Et Donnie qui ronflait comme un bateau à moteur. Je vais vous dire, ça a fini par me mettre *en pétard*. De ma vie entière, je crois bien que je n'avais jamais été aussi en pétard. À tel point que j'ai flanqué un coup de poing dans l'épaule de Donnie. "Quoi ?" il me dit. Comme s'il se mettait en route. "Je n'en peux plus ! je lui dis. J'ai besoin de me reposer, bon sang de bonsoir ! Et toi, qu'est-ce que tu fais ? Toi, tu ronfles, comme si de rien n'était. Je suis tellement en colère que j'ai envie de *cracher* !" »

Apparemment, elle n'avait pas la moindre idée de ce qui la mettait réellement en colère, mais ce n'était pas Micah qui allait l'éclairer. Il répondit simplement : « Oh, çà, oui. Ne pas réussir à dormir, c'est vraiment enquiquinant. » Puis il se remit à percer.

Cette fois, elle se tut pendant la manœuvre. Elle attendit qu'il eût éteint la perceuse avant d'ajouter : « Hier, mon médecin m'a dit : "Bon, Luella. Vous savez que c'est incurable, n'est-ce pas ?" il m'a dit comme ça. Et j'ai répondu : "Oui, je sais." »

Micah baissa sa perceuse et se tourna vers elle.

« Je veux dire, je ne suis pas en colère contre Dieu, pas vraiment. Mais je suis en colère.

— Oui, ça se comprend », dit Micah.

Il eut honte d'avoir supposé qu'elle manquait de lucidité.

Micah rédigea un e-mail à destination de tous les locataires de l'immeuble en mettant, comme d'habitude, Mr Gerard en copie pour lui prouver qu'il faisait son travail.

« Chers résidents,

Une fois encore, je sors les bacs de recyclage comme toutes les semaines et, une fois encore, je constate que certaines personnes n'ont pas aplati leurs cartons. Il y en a actuellement deux de grande taille dans la cour de derrière, toujours dans leur état tridimensionnel d'origine. Avec leurs étiquettes mentionnant les destinataires, au fait, donc je connais les coupables.

Il s'agit d'un arrêté municipal, messieurs, dames. Pas d'une lubie de ma part. Les services de la ville exigent que les cartons soient aplatis avant recyclage. Merci de faire le nécessaire avant dix-huit heures, que je n'aie pas à employer les grands moyens.

Avec toute ma lassitude,

Micah »

Il cliqua sur « Envoyer » et zou ! le message partit. Puis il regarda l'heure en haut de son écran d'ordinateur : 4:45. Cass avait sûrement fini de travailler. Il sortit son téléphone et composa son numéro.

« Bonjour, Micah.

— Salut. Tu es chez toi ?

— Je viens de rentrer.

— Ah, très bien. Alors ! Tu t'es décidée à appeler Nan ? »

Il avait noté de penser à lui poser la question, afin de réparer ses précédents impairs. Il s'était rendu compte qu'il avait fait preuve de négligence, sur ce point.

« Non, répondit-elle. Il se trouve que c'est elle qui m'a rappelée.

— Ah oui ?

— Elle m'a dit qu'elle et Richard s'étaient enfin décidés à fixer une date de mariage, et que donc elle lâchait l'appartement.

— C'est super.

— Oui, super. »

Il perçut une pointe d'ironie dans son ton, sans comprendre où elle voulait en venir. « Tu comptes récupérer le bail, non ? demanda-t-il.

— Sans doute, oui », répliqua-t-elle avec désinvolture, comme si elle n'avait pas été obsédée par le sujet ces derniers jours. Puis elle ajouta : « Comment va ton hôte ?

— Brink ? Oh, il est parti.

— Il ne loge plus chez toi ?

— Non, madame. Pour tout te dire, je me sens un peu mal vis-à-vis de lui.

— Pourquoi ça ?

— Eh bien, je l'ai plus ou moins fichu dehors.

— Tu l'as fichu dehors ?

— Je crois qu'il a fugué de chez lui ou quelque chose, je ne sais pas. Il refusait de dire à sa mère où il était, et c'était comme s'il faisait tout pour m'embarquer dans ses histoires. Je lui ai dit de choisir : soit il la contactait, soit il partait. C'est là qu'il est parti.

— Et où est-il allé ?

— Je n'en sais rien. Enfin bref ! Assez parlé de lui. Si je t'ai appelée, c'était pour te dire qu'Ada nous avait invités à venir dîner demain. Toute la famille se réunit pour rencontrer la fiancée de Joey. Tu peux venir ?

— Euh… Je crains que non, Micah.

— Comment ça ? »

Elle se tut un moment. « En fait, je me demande si on ne ferait pas mieux de ne plus se voir. »

Il eut l'impression de recevoir un coup dans le creux juste en dessous de sa cage thoracique.

« Quoi ? Pourquoi ?

— À ton avis ? dit-elle. J'étais là, à deux doigts de perdre mon appartement. Je t'appelle et je te dis que je suis sur le point de dormir sous les ponts. Et toi, est-ce que tu me proposes de m'héberger ?

— De t'héberger *ici* ?

— Et qu'est-ce que tu fais au lieu de ça ? poursuivit-elle en l'ignorant. Tu t'empresses de proposer ta chambre d'ami au premier venu.

— Oh, je t'en prie.

— D'accord, c'était peut-être inconscient. Peut-être que tu n'as pas pris le temps de te demander pourquoi tu avais fait ça. Mais ouvre les yeux, Micah : tu as tout fait pour que ce soit délicat pour moi d'emménager chez toi.

— Ça ne m'a même pas effleuré ! Je n'avais pas idée que c'était ce que tu voulais ! Alors, c'est pour *ça* ? Tu te dis tout à coup qu'on doit changer les règles ?

— Non, Micah. Je te connais assez.

— Et ça veut dire quoi, au juste ?

— Tout ce que je dis, c'est que la personne que tu es n'est peut-être pas celle qu'il me faut. »

Micah garda le silence.

« Tu comprends pourquoi je me pose la question, non ?

— Bien, je suppose qu'il n'y a pas grand-chose à ajouter si c'est ce que tu ressens. »

Nouveau silence.

« Bon… D'accord. Alors, au revoir », dit-elle.

Elle raccrocha.

Micah glissa son téléphone dans sa poche, puis resta assis un moment sans rien faire.

Ce soir-là, en traînant les bacs de recyclage jusque dans l'allée, il sentit la colère monter. C'était injuste ! Non, il n'avait pas manigancé pour que Brink séjourne chez lui, consciemment ou non. Et qu'est-ce que ça changeait que la chambre d'ami soit occupée ? *A priori*, elle aurait de toute façon dormi dans la chambre de Micah, dans son lit double, comme chaque fois qu'elle passait la nuit chez lui.

Et puis, si elle voulait emménager chez lui, pourquoi ne l'avait-elle pas dit ? Pourquoi s'était-elle précipitée pour rompre à la première occasion ? C'était à croire qu'il y avait autre chose qu'elle n'avait pas mentionné.

Elle ne lui avait pas laissé la moindre chance de se défendre.

Il avait horreur que les femmes s'attendent à ce qu'on lise dans leurs pensées.

Il fourragea en râlant dans le bac de recyclage du 3A, qui débordait de ces boîtes en plastique transparentes proscrites par les services d'assainissement de la ville.

Voici comment Cass et lui s'étaient rencontrés :

Il était en intervention, un matin de décembre, il y a quelques années. Linchpin Elementary, une école privée autonome située dans une perpendiculaire de Harford Road, avait des difficultés de connexion Wi-Fi dans deux de ses classes, et l'une d'entre elles était celle de Cass.

Quand elle ouvrit la porte, Micah remarqua, certes, qu'elle avait du charme – elle était presque aussi grande que lui, avait un visage amical, des trait doux –, mais à ce moment-là il pensait surtout à l'installation du répétiteur qu'il avait apporté. Donc, sans attendre, il fit tout le tour de la pièce en s'arrêtant de temps à autre pour vérifier la réception grâce à une application sur son téléphone. Pendant ce temps, Cass – Miss Slade – discutait avec deux jeunes garçons, debout près de son bureau. À vrai dire, c'étaient eux qui parlaient. Elle se contentait d'écouter en inclinant la tête d'un air concerné. Puis Micah l'entendit prononcer ces mots : « Bon, je comprends ce que vous ressentez. Mais je crois que vous ne devriez pas penser qu'à vous. » Puis elle tapa une seule fois dans ses mains, faisant sursauter les garçons. « Les enfants, dit-elle en haussant la voix, je peux avoir votre attention, s'il vous plaît ? »

Le reste des élèves, assis à leurs pupitres, cessèrent leurs bavardages et levèrent les yeux.

« Travis et Conrad ne sont pas satisfaits de notre projet de chants de Noël. Ils trouvent que la maison de retraite fait un peu peur.

— Ça sent trop bizarre, là-bas, précisa l'un des deux garçons.

— L'odeur de cet endroit ne leur plaît pas, traduisit Cass.

— Et les vieilles dames n'arrêtent pas de vouloir nous toucher avec leurs mains qui s'accrochent partout et qui serrent fort.

— Quand on y est allés l'année dernière en CE2, dit l'autre garçon, il y en a une qui m'a fait un bisou sur le visage. »

Jusqu'ici, leurs camarades avaient écouté en silence, mais plusieurs d'entre eux poussèrent soudain des « Beurk ! ».

« Très bien, reprit Cass de sa voix sonore, j'aimerais maintenant que vous fassiez un effort pour considérer tout cela sous un autre angle. Parmi ces gens, il y en a qui ne voient des enfants qu'une fois par an, quand notre école vient chanter devant eux pour Noël. Et même les adultes qu'ils ont connus ne sont plus de ce monde, pour la plupart. Ils n'ont plus leurs parents, ni leurs amis, ni leur mari ou leur femme – leur *monde* à eux a disparu. Même leurs frères et sœurs, souvent. Ils ont des souvenirs de quand ils avaient, disons, neuf ans – comme vous aujourd'hui –, mais ils n'ont plus personne avec qui partager ces souvenirs. Vous ne trouvez pas ça dur ? Croyez-moi, vous allez chanter dans une salle remplie de cœurs brisés. Essayez d'y réfléchir avant de décider de ne pas vous donner la peine d'y aller. »

C'était ridicule, mais Micah en eut presque les larmes aux yeux, alors que, d'après son expérience, la majorité des personnes âgées étaient d'incorrigibles boute-entrain. Les enfants, eux, ne semblèrent pas bouleversés. Plusieurs exprimaient leur désaccord : « Peut-être, mais ils ne nous entendent même pas ! Ils ont ces trucs de la même couleur que la peau dans les oreilles pour mieux entendre ! » Ou encore : « Pourquoi ça leur ferait du bien de voir des enfants qu'ils n'ont jamais vus de leur vie ? »

Cass frappa de nouveau dans ses mains. « Allons, on se calme maintenant. Si quelqu'un n'est vraiment pas d'accord avec ce projet, qu'il ne vienne pas, OK ? Je demanderai à Miss Knight de vous autoriser à aller à la bibliothèque pendant ce temps. Qui préfère ça ? Personne ? Non ? »

Mais personne ne leva la main, pas même Travis ni Conrad.

« Bon, voilà qui est réglé, dit-elle en se tournant vers son bureau pour y attraper un livre. Prenons la page quatre-vingt-six. »

Les enfants se mirent à tourner les pages de leur manuel, et Travis et Conrad regagnèrent leurs places, tandis que Micah branchait son répétiteur, puis attendait de voir s'allumer la lumière orange.

Bien entendu, une fois qu'il eut fini, il dut montrer à Cass comment ça fonctionnait. Profitant du moment de calme qui suivit, alors qu'une fillette s'appliquait à résoudre un problème de mathématiques au tableau, de l'index il fit signe à Cass d'approcher et elle obéit. « Alors, dit-il à voix basse. Ici, c'est le nom de votre répétiteur Wi-Fi sur le réseau, vous voyez ? » Et il le montra du doigt sur l'écran de son téléphone. « Même mot de passe qu'avant, mais le nom comporte cette extension en plus. »

Cass hocha la tête, les yeux rivés sur l'écran. Elle sentait le dentifrice.

« Vous aimez aller au cinéma ? » demanda-t-il soudain.

Elle lui adressa un regard étonné.

« C'est juste que je me suis dit que vous aimeriez peut-être aller voir quelque chose avec moi au Charles », précisa-t-il. (Le Charles programmait surtout des classiques, au lieu des comédies graveleuses et des films d'action à gros budget habituels.) « À moins que vous ne soyez mariée ou autre, bien sûr.

— Non », dit-elle.

À la seconde où il entendit ce mot sortir de sa bouche, Micah se résigna. Mais elle ajouta : « Je ne suis pas mariée. »

Elle scruta son visage un moment. Elle semblait chercher à se faire une idée dc lui. Micah se redressa et rentra le ventre.

« Et, en effet, j'aime aller au cinéma. Enfin, ça dépend de ce qui est à l'affiche.

— Bon, dans ce cas… », lui dit-il. Et il ne put réprimer un grand sourire.

C'était son discours aux enfants qui l'avait conquis. Une salle remplie de cœurs brisés ! Il aimait cette formule.

Et voilà où il en était à présent.

Aucun des deux délinquants du recyclage n'était venu aplatir ses cartons. Ni Ed Allen au 1A, ni Mr Lane au 1B – des hors-la-loi l'un comme l'autre. Micah posa le premier carton à la verticale sur le sol et le piétina. Il ne s'embêta pas à déplier les rabats : il le piétina simplement jusqu'à ce qu'il s'écrase. Tiens et tiens et tiens !

4

Ada et sa famille vivaient à Hampden. Les maisons de leur rue étaient petites et ordinaires, mais extrêmement bien entretenues, parce que la plupart des habitants étaient charpentiers, peintres ou autres, et qu'ils étaient exigeants en la matière. Cependant, les autres rues du quartier avaient malheureusement vu peu à peu fleurir de nouveaux restaurants sélects et des boutiques bon chic bon genre, ce qui avait soudain entraîné un trop grand afflux de circulation. Micah dut tourner longtemps avant de trouver une place où se garer – et encore, son pare-chocs arrière empiétait un peu sur une ruelle. Il arriva donc passablement énervé chez sa sœur.

Le jardinet devant la maison faisait la taille de deux paillassons, un de chaque côté de l'allée, et le mari d'Ada veillait à ce qu'il reste impeccable, le gazon tondu à ras et pas la moindre feuille d'automne à la surface de la vasque en fibre de verre destinée aux oiseaux. Ada, à l'inverse, avait une tolérance infinie pour le désordre, comme toutes les sœurs de Micah. Il dut contourner un skate-board et une tasse à bec pour bébé avant d'atteindre les marches. Quant à la véranda, elle était encombrée non seulement des habituels poussettes et tricycles, mais aussi d'une paire d'après-ski restée là depuis l'hiver précédent, d'un sac en papier rempli de cintres, et de ce qui semblait être une assiette de petit déjeuner contenant encore un demi-pamplemousse vidé de sa chair.

Dans le vestibule (où il entra sans frapper – personne ne frappait jamais à la porte et, de toute façon, on ne l'aurait pas entendu au milieu de tout ce vacarme), il y avait tant de baskets empilées sur le sol qu'on aurait pu croire que les gens étaient tenus de retirer leurs chaussures avant d'entrer dans la maison, or ce n'était pas le cas. Sur une desserte en acajou se trouvaient une lampe, un sécateur et un flacon de vernis à ongles. Le désordre régnait sans aucun doute aussi dans le salon, mais il était impossible de le vérifier tant il était bondé. Les jumelles Liz et Norma, les sœurs de Micah (qui ne se ressemblaient absolument pas – l'une était mince et l'autre ronde), étaient aux petits soins pour le plus jeune petit-fils d'Ada, tandis que le mari de Liz, Kegger, parlait au téléphone près de la fenêtre et qu'une brochette d'adolescents assis sur le canapé regardaient un match d'il ne savait quoi sur l'immense écran plat de la télévision. Micah ne voyait ni Joey ni aucune fille susceptible d'être sa future épouse, mais peut-être étaient-ils perdus parmi la foule. L'impression générale qui se dégageait de cette scène était, comme toujours, celle d'un tumulte : des gens bruyants, joyeux, négligés, vêtus de couleurs extravagantes, entourés de chiens qui aboyaient et de bébés qui pleuraient par-dessus le raffut de la télévision, et au milieu de bols de chips et de sauces déjà sauvagement dévorées.

Le mari d'Ada fut le premier à remarquer Micah. C'était un grand gaillard à la barbe grise, portant un tablier en jean qui comprimait sa bedaine. Il apparut sur le seuil de la salle à manger, une spatule de cinquante centimètres à la main. « Salut, le beau-frère ! cria-t-il. Il était temps que tu arrives ! » Ada le talonnait, silhouette charpentée et rouge à lèvres de couleur vive sous un nuage de cheveux frisés teints en roux, un magnum de chardonnay entre les mains. « Salut, trésor. Où est Cass ?

— Euh, elle… elle avait autre chose de prévu.

— Mince. Tu veux du vin ?

— Je vais aller me chercher une bière. Où sont les tourtereaux ? »

Elle se retourna pour parcourir la foule du regard. « Joey est probablement dehors derrière la maison. Mais, oh, Lily ! Viens par ici, mon chou ! » Elle s'adressait à une jeune fille pâle aux cheveux filasse que Micah n'avait pas remarquée. « Je voudrais te présenter mon petit frère, Micah.

— Ravie de vous rencontrer, dit Lily en s'approchant, la main diligemment tendue comme le ferait une enfant bien élevée.

— Salut, Lily », répondit Micah.

Sa main était petite et très froide. Elle portait des lunettes à monture papillon en plastique et était couverte de bijoux – des boucles d'oreilles chandelier, des barrettes en strass, des joncs aux poignets, un collier de perles à deux rangs ainsi qu'une grosse broche ovale, le tout dans des tons bleus assortis à sa robe de soirée. Micah eut le sentiment que c'était la première fois qu'elle sortait seule en compagnie d'adultes.

« Lily travaille chez Grocery Heaven, dit Ada. Tu sais, l'épicerie de Belair Road.

— Ah, oui, dit Micah.

— Que du *bio*, glissa Phil d'un ton plein de sous-entendus. Des trucs de hippies. Du muesli.

— Vous y faites vos courses, des fois ? demanda Lily en se tournant vers Micah.

— Non, je… ce n'est pas vraiment sur mon chemin.

— Si vous y passez un jour, je suis à l'accueil.

— Et, donc, c'est là-bas que vous avez rencontré Joey ?

— Oui, Joey a essayé de travailler à l'alimentation, mais je crois qu'il n'était pas fait pour ce type de produits.

— Je suis resté juste assez longtemps pour inviter Lily à manger un hamburger », ajouta Joey en apparaissant subitement à côté d'elle. Il mit un bras autour de ses épaules et demanda à Micah : « Franchement, je ne suis pas doué pour les choisir ?

— Tu as bien de la chance, en effet », concéda Micah. À bien le regarder – avec ses joues roses rebondies, son survêtement et ses Crocs violettes –, Joey semblait habillé pour une tout autre occasion que celle pour laquelle s'était apprêtée Lily. Mais elle rayonnait et tournait vers lui un regard plein d'adoration, le laissant la serrer contre son flanc.

« Oncle Micah est un pro de l'informatique, lui expliqua Joey. Il a sa propre entreprise et tout.

— Oh, Joey, toi aussi tu pourrais faire ça, mon chéri ! »

Cette remarque impliquait qu'il n'avait toujours pas trouvé sa voie, ce qui n'était pas rassurant s'il était sur le point de se marier. Mais Joey esquissa un sourire confiant et dit : « Mais oui, carrément ! »

Quelqu'un mit une canette de bière dans la main de Micah – c'était Suze, sa plus jeune sœur et celle dont il se sentait le plus proche. « Tu n'es pas venu avec Cass ? demanda-t-elle.

— Elle avait un truc à faire », dit Micah. Puis, préférant se libérer tout de suite de ce poids, il ajouta : « En fait, je crois qu'on a rompu.

— Rompu ! »

Les mots de Suze tombèrent comme un couperet au milieu du brouhaha. Tout le monde se tut comme par magie et le regarda.

« Mais on *adorait* Cass ! dit Ada. Tu ne vas jamais, jamais retrouver quelqu'un d'aussi parfait pour toi !

— Merci, ça remonte bien le moral, fit Micah.

— Zut, je voulais que Lily la rencontre, dit Joey. Tu aurais été dingue d'elle, précisa-t-il à l'adresse de Lily.

— Oui, bon, dit Micah. Ce sont des choses qui arrivent. »

À la télévision, quelqu'un annonçait un changement de joueur – « Hawkins entre sur le terrain à la place de Kratowsky, blessé » –, mais les ados sur le canapé ne quittaient pas Micah des yeux. Parmi eux, une voix s'éleva – celle d'Amy, la fille de Norma : « Elle devait m'aider à rédiger mon dossier d'inscription à la fac !

— Tu t'inscris à la fac ? » demanda Micah.

Sa tentative de diversion échoua. Tous les regards restaient braqués sur lui.

« Tu ne pourrais pas essayer de rattraper le coup ? » suggéra Ada. (Sans surprise, elle présumait que Cass était à l'origine de la rupture.)

« Dis-lui que tu vas changer, conseilla Phil.

— Changer quoi ? »

Cette question déclencha l'hilarité générale ; il ignorait pourquoi. Tout comme Lily, bien sûr. Elle les regarda tous tour à tour. « Oncle Micah est assez… maniaque, lui expliqua Joey.

— Je ne suis pas *maniaque*, rétorqua Micah.

— Quel jour on est, Micah ? » lança le mari de Suze de l'entrée du vestibule. Une petite fille était juchée sur ses épaules et sa jupe à volants lui entourait le cou à la manière d'une fraise élisabéthaine.

« Pourquoi cette question ? On est jeudi.

— Est-ce que c'est le jour de l'aspirateur ? De la poussière ? Du récurage des plinthes au coton-tige ?

— Ça va, Dave, fiche-lui la paix, le rabroua Suze.

— Mais ça ne le dérange pas ! Est-ce que c'est le jour du nettoyage des vitres ?

— Eh bien, il s'avère que c'est le jour de la cuisine, répondit Micah à contrecœur.

— Le jour de la cuisine ! Tu m'en diras tant ! Ta cuisine a un jour pour elle toute seule ?

— Oui.

— Et ça consiste en quoi, au juste ?

— Je t'en prie, Dave, dit Ada en passant son bras autour de la taille de Micah d'un geste protecteur.

— Quoi ? J'essaie juste de comprendre, c'est tout. Qu'est-ce qu'il y a besoin de laver, dans sa cuisine ? Chaque fois que j'y suis allé, elle était tellement propre qu'on pouvait manger à même le sol.

— Je n'ai pas dit que c'était le jour du lavage des sols, mais le jour de la cuisine. Quand c'est le jour de la cuisine, je lave les plans de travail, les appareils électroménagers, ce genre de choses. Et un placard entier.

— Un seul ?

— Je les fais à tour de rôle. »

Sa réponse les fit de nouveau rire et Micah prit un air exagérément renfrogné. Il se demandait pourquoi il entrait ainsi dans leur jeu. (On pourrait même dire qu'il les encourageait.)

Suze prit la parole : « Laisse tomber, Micah. On va faire comme si mon mari était bien élevé. Non mais, charrier un homme qui vient de se faire larguer ! Ada, ça ne serait pas l'heure de manger, par hasard ? Allez, à table !

— Oui, tout le monde à la salle à manger, lança Ada en lâchant la taille de Micah pour ouvrir la marche tout en parlant à Lily. Quand Robby avait des difficultés pour apprendre à lire… Robby, c'est mon petit-fils, l'aîné de Nancy… eh bien, Cass s'est proposée pour l'aider sans hésiter. Elle est institutrice, figure-toi. On craignait que Robby n'ait un trouble de l'apprentissage, mais Cass a été tellement patiente avec lui ! Et c'était tout ce dont il avait besoin, en fin de compte. Oh, on l'aimait tous énormément. »

Un sentiment de lassitude inattendu s'empara soudain de Micah. Non mais enfin, Cass n'était pas parfaite, tout de même ! Si quelque chose la dérangeait, elle aurait pu le lui dire tout de suite, au lieu de ruminer dans son coin. Et, quoi qu'il en soit, sa propre famille n'était-elle pas censée prendre sa défense à lui ?

Le buffet dans la salle à manger d'Ada était couvert de nourriture – le porc grillé de Phil, des pâtes au fromage pour les petits et les adolescentes végétariennes, ainsi qu'une salade de pommes de terre et laitue, de la courge rissolée et un gratin de haricots verts. (Sans oublier une lampe torche, un numéro de *People* et des chrysanthèmes fanés dans un vase, mais passons.) Sur la table, en revanche, il n'y avait rien, hormis un filet de ping-pong amovible installé au centre au moins deux ans auparavant – il y avait assez longtemps, en tout cas, pour que plus personne n'y prête attention. Aucun plan de table n'était prévu, parce que la coutume voulait que les jeunes mangent dans le salon pendant que les adultes se serraient comme ils pouvaient autour de la table de la salle à manger, sur des chaises, des tabourets et des bancs dépareillés. « Bien, Lily, ma belle, assieds-toi en bout de table avec Joey, dit Ada. Joey ? Où est-il ? Reviens ici tout de suite, Joey ! lança-t-elle parce qu'il était déjà en train de suivre les adolescents au salon. Tu t'assieds près de Lily et tu ne discutes pas. »

Micah prit sa propre assiette et ses couverts, et s'installa sur le côté, au milieu d'une rangée de sièges encore inoccupés. Il posa ses couverts à sa gauche, à cause du filet de ping-pong à sa droite. « Le mariage est prévu pour quand ? demanda-t-il à Lily.

— Eh bien, j'avais pensé le faire à Noël, mais Joey n'a pas envie que ce soit en même temps que les fêtes.

— Moi, je dis qu'on mérite des congés à part, expliqua Joey. Quelques jours pour Noël, et quelques jours pour le mariage.

— Et tu prendrais congé de quoi ? lui demanda Micah.

— Hein ?

— Où travailles-tu actuellement ?

— Oh. Nulle part. Je cherche, pour le moment, répondit Joey d'une voix enjouée. Mais c'est sûr que je travaillerai d'ici à Noël.

— Si on choisit Noël, on pourrait faire un thème rouge et vert pour l'enterrement de vie de jeune fille, suggéra Ada. C'est moi qui l'organise, dit-elle à Micah. Avec les jumelles. Les garçons peuvent participer maintenant, tu le savais ? Tu peux venir, toi aussi.

— Oh, euh…

— Tu te souviens, Ada ? lança Suze à l'autre bout de la table. Tu te souviens du mien ? »

Des rires moqueurs s'élevèrent autour de la table et Ada fit la grimace. « Le thème, c'était la fête nationale, dit-elle à Lily. Des cierges magiques partout : plantés dans des vases et sur les gâteaux. Et, donc, une étincelle atterrit sur l'un des sets de table et provoque un tout petit incendie ; du coup, l'alarme du détecteur de fumée se déclenche et les pompiers débarquent. Mais *nous*, on ne se doutait pas qu'ils allaient venir ; on avait éteint l'alarme et on se disait que ça suffisait. On a cru que les pompiers étaient juste déguisés, alors plusieurs filles se sont mises à crier : "Déshabillez-vous ! À poil !", en pensant que c'étaient des strip-teaseurs qu'un des garçons nous avait envoyés, jusqu'à ce que les pompiers nous disent : "Désolés de vous décevoir, mesdames..."

— Ce qui n'arriverait jamais dans un enterrement mixte, intervint une belle-fille, au grand soulagement de Lily.

— Bien entendu, le thème était aux couleurs du drapeau américain, dit Norma sur un ton nostalgique. Pas vrai, chéri ? lança-t-elle à son mari assis plus loin. Grant était caissier chez Read's, à l'époque, dit-elle à Lily. Il nous avait obtenu des réductions sur les décorations rouge-blanc-bleu.

— Et Liz est venue en short, parce qu'elle croyait qu'on ferait un genre de barbecue du 4-Juillet, ajouta Ada. Mais ce n'était pas du tout un barbecue ! C'était une soirée habillée ! Les filles qui arrivent sont sur leur trente et un ! Quand elle voit ça, elle attrape une jupe plissée dans le sac de pressing suspendu dans sa voiture, la plaque sur sa taille et se ramène tranquillement à la fête, sa jupe ondulant de face et les jambes à l'air de dos. »

Toutes les femmes s'esclaffèrent à nouveau et Lily sourit timidement.

« Bravo pour le porc, Phil, le complimenta Micah en se demandant si on lui donnerait quelques restes à emporter chez lui.

— Merci. J'ai utilisé ces nouvelles briquettes spéciales qu'ils vendent chez Home Depot. On ne peut pas dire que ce soit donné. Quatorze dollars quatre-vingt-dix-huit pour un tout petit… »

Cette conversation intéressait les hommes, mais pas les femmes, qui s'en détournèrent et commencèrent à s'affairer entre elles. Les quatre sœurs – toutes des serveuses aguerries – se levèrent ensemble pour remplir les verres et proposer des condiments, circulant autour de la table en tendant des bols récupérés sur le buffet. « Les enfants ? fit l'une d'entre elles en direction du salon. Vous avez tout ce qu'il vous faut ? » Deux des plus jeunes se précipitèrent vers la salle à manger pour grimper sur les genoux de leurs mères. « J'en connais une qui a raté sa sieste, aujourd'hui », dit une belle-fille à son mari par-dessus la tête de l'enfant. Pendant ce temps, les sœurs demandaient : « Qui veut un cracker ? », et : « Quelqu'un préfère sa viande bien cuite ? », puis une longue pince apparut au-dessus de l'épaule de Micah pour déposer une autre tranche de porc dans son assiette.

Micah avait toujours su que ses sœurs choisiraient de devenir serveuses, c'était une évidence. Dans un restaurant régnait la même atmosphère de chaos que dans leurs foyers à toutes – le tintamarre des casseroles, les verres qui s'entrechoquaient, les gens qui criaient « Chaud devant ! », « Attention la tête ! » ou « Venez m'aider ! Je suis débordé ! » Une ambiance de champ de bataille, en somme.

Kegger, assis en face de Micah, se racla la gorge. « Alors, Mikey », dit-il.

Micah saupoudra sa viande de sel.

« Mikey ? »

Micah se coupa un morceau de viande et le piqua avec sa fourchette.

« Kegger te parle, Micah », dit Ada.

Il leva les yeux. « Ah oui ? C'est marrant, je n'ai pas entendu mon prénom.

— Mii-caah, corrigea Kegger.

— Oui, Kegger ?

— J'envisage de m'acheter un nouvel ordinateur. J'aimerais te poser quelques questions. »

Les autres hommes se tournèrent alors vers Micah. Ils adoraient parler high-tech. C'était encore plus amusant que de comparer leurs itinéraires en voiture.

« Je ferais mieux de prendre un Mac, non ? Je me dis que si. Mais je n'y connais rien, aux Mac ! Je ne sais même pas quel modèle il me faut.

— Je peux t'aider à choisir, dit Micah en enfournant son morceau de viande.

— Vraiment ? »

Micah mâchait, à présent.

« Tu as un catalogue, un truc comme ça ?

— Je viendrai avec toi à l'Apple Store et je te montrerai les différentes options, dit Micah après avoir avalé. C'est ce que je fais avec mes clients.

— Ce serait super. Et je tiens à te payer, bien sûr.

— Non, ça va. »

Micah s'était depuis longtemps résigné à aider les membres de sa famille gratuitement. En un sens, c'était un moyen pour lui d'avoir la paix. Ça leur permettait de se dire qu'il n'était pas si bizarre, après tout.

Mais le répit fut de courte durée, car à peine commençait-il à songer que ses sœurs avaient oublié la conversation autour de Cass, que Liz la relança. « Une des raisons pour lesquelles je trouvais que Cass était tellement faite pour toi, dit-elle en se rasseyant, c'est qu'elle était un tout petit peu maniaque, elle aussi.

— C'est vrai, renchérit Ada. Il fallait toujours que son sac à main soit exactement de la même couleur que ses chaussures.

— En quoi c'est de la maniaquerie ? demanda Micah.

— Ah, tu vois ? Tu prends sa défense.

— Je ne…

— Et puis elle n'allait presque jamais voir son frère en Californie parce qu'il y avait trois heures de plus là-bas et qu'elle détestait changer ses habitudes de coucher, dit Liz.

— Donc, qu'elle largue Micah simplement sous prétexte qu'il lavait sa cuisine le jeudi…, continua Ada.

— Ce n'est pas pour ça qu'elle m'a largué ! protesta Micah.

— C'est pourquoi, alors ? »

Tout le monde attendait sa réponse. Même les hommes semblaient intéressés.

« Ben, d'après ce que j'ai compris, elle m'en veut parce que j'ai laissé un gamin dormir dans ma chambre d'ami.

— Quoi ? Quel gamin ?

— Le fils d'une de mes ex.

— Laquelle ?

— Oh… Vous vous souvenez de Lorna.

— Lorna *Bartell* ? »

Micah était toujours stupéfait de voir à quel point ses sœurs pouvaient absolument tout retenir sur toutes les personnes qu'elles rencontraient. N'étaient-elles pas censées faire régulièrement du ménage dans leur mémoire ? Cela devait faire une bonne vingtaine d'années qu'elles n'avaient pas vu Lorna – et, même à l'époque, elles ne l'avaient rencontrée qu'une ou deux fois, quand il l'avait amenée au dîner de Thanksgiving, par exemple –, mais toutes les quatre se redressèrent brusquement et Suze s'exclama : « La Lorna qui t'a trompé en troisième année de fac ? Cette Lorna-*là* ? Comment ose-t-elle te demander d'héberger son fils ?

— Elle ne m'a pas… pff, souffla Micah, regrettant à présent d'avoir parlé d'elle. Lorna n'était pas au courant. Le gamin séchait juste les cours ou je ne sais quoi, et il avait besoin de passer la nuit quelque part, alors j'ai dit oui. Lorna n'en savait rien ! En fait, elle n'arrêtait pas de lui envoyer des messages et de lui demander où il était. »

Il y eut un silence. Pour une fois, ses sœurs semblaient à court de repartie. Ce fut Suze qui finit par réagir : « Donc… Donc, dis-moi si j'ai bien suivi. Cass a rompu avec toi parce que tu as proposé ta chambre d'ami au fils d'une de tes ex que tu ne vois même plus et avec qui tu n'es plus en contact depuis la fac.

— Non, c'est parce que j'ai proposé ma chambre d'ami au premier venu. Point barre. Ça n'a rien à voir avec l'identité de sa mère.

— Tu veux parier ? dit Liz.

— Je t'assure. Elle ne savait même pas qui était sa mère. »

Tous l'observèrent avec la même expression dubitative.

Micah se décida à les éclairer : « En fait, Cass pensait être sur le point de perdre son appartement. Finalement, elle a pu le garder, mais elle a bien cru qu'elle allait devenir SDF. Et, allez savoir pourquoi, elle s'est mis en tête qu'à la seconde où j'avais appris la nouvelle, je m'étais empressé d'installer un gosse dans ma chambre d'ami uniquement pour l'empêcher d'emménager chez moi.

— Enfin, c'est ridicule, dit Ada une fois qu'elle eut intégré toutes les informations.

— Exactement. Ça y est, vous avez compris, fit Micah. Elle a tout de même admis que, d'accord, j'avais peut-être agi inconsciemment, mais il n'empêche…

— Inconsciemment. J'ai horreur de ce mot, dit Phil à ses beaux-frères.

— Toute cette psychologie à deux sous…, renchérit Kegger.

— Et on parle de la chambre d'ami ! s'exclama Micah. Où il n'était pas question qu'elle dorme, de toute façon ! La chambre d'ami n'avait rien à voir avec le fait qu'elle puisse emménager chez moi ou non.

— C'est complètement absurde, dit Phil en se balançant sur sa chaise.

— Et puis, ajouta Micah, comment explique-t-elle le fait que j'aie fichu le gamin dehors au bout d'une nuit seulement, hein ? Si elle avait effectivement été expulsée, il aurait été parti bien avant que ça n'arrive. Qu'est-ce qu'elle pense de *ça*, je voudrais bien le savoir.

— Tu l'as fichu à la porte ? demanda Liz.

— Oui, en quelque sorte.

— Comment ça ?

— Je lui ai expliqué qu'il devait dire à sa mère où il était. Elle n'arrêtait pas de l'appeler, de lui envoyer texto sur texto pour savoir s'il allait bien. Ça me mettait dans une situation délicate. Donc, quand il a refusé de lui répondre, je lui ai demandé de partir.

— Oh, c'est *cruel* de ne rien dire à sa mère », commenta Norma.

Ada se leva pour débarrasser, empilant les assiettes d'un geste professionnel sur toute la longueur de son avant-bras, et se dirigea vers la cuisine, mais ses sœurs paraissaient trop sidérées par l'histoire de Micah pour l'aider. « J'ai toujours trouvé Lorna Bartell assez… insignifiante, dit Liz. Pas du tout la femme qu'il te fallait. Mais elle mérite malgré tout de savoir où se trouve son fils.

— Brink n'était visiblement pas de ton avis, dit Micah. Il s'est tout simplement levé et il est sorti.

— *Brink*, c'est comme ça qu'il s'appelle ?

— Exact.

— Il fait du lacrosse ? demanda Kegger.

— Exact. »

Kegger hocha la tête, l'air satisfait. « BCBG, dit-il à Phil. Du genre à porter des mocassins sans chaussettes.

— Pour tout te dire, il portait…

— Et ensuite, qu'est-ce que tu as fait, toi ? demanda Ada, de retour de la cuisine.

— Moi ?

— Est-ce que toi, tu as dit à sa mère où il était ?

— Euh, non.

— Pourquoi ?

— Je ne sais même pas où il est, en ce moment. Et, en plus, comment je pourrais la joindre ? »

Ada lui prit son assiette, mais resta debout à côté de lui en faisant les gros yeux. « On est dans l'ère moderne, tu es au courant ?

— Quel rapport ?

— Est-ce qu'elle vit ici, à Baltimore ?

— Non. À Washington, si tu veux savoir.

— Et ? Tu as cherché son numéro ?

— Je n'ai pas envie de l'appeler ! Je suis un parfait inconnu pour elle, maintenant.

— Comment tu as dit qu'elle s'appelait ? Bartell ? demanda Phil. Elle a gardé son nom de jeune fille ? »

Il avait sorti son téléphone portable et tapait dessus du bout de l'index.

« Plus personne ne fait inscrire son numéro dans l'annuaire, lui répondit Micah.

— Elle est sur Facebook ?

— Pas si elle a un peu de bon sens.

— Je ne sais pas comment tu peux dire ça, répliqua Suze. Si je n'étais pas sur Facebook, je n'aurais aucune idée de ce que deviennent mes amis du lycée.

— Parce que tu en as quelque chose à faire ? » lança Micah.

Le fils adolescent de Liz, Carl, qui avait le bras gauche dans le plâtre, apparut sur le seuil du salon. « C'est quand, le dessert ? demanda-t-il.

— Quand toutes les assiettes du salon auront été ramenées, rétorqua Liz.

— Et c'est *quoi*, le dessert ?

— De la crème à la tu-verras-bien.

— Vas-y, maman…, s'agaça-t-il avant de retourner au salon.

— Comment il s'est fait ça ? » s'enquit Micah, mais personne ne lui répondit. Ada s'éclipsa pour emporter quelques assiettes de plus à la cuisine, et Phil, toujours plongé dans ses recherches sur son téléphone, demanda à Micah : « Tu sais si Lorna travaille ? Ça aiderait si on avait un nom d'employeur.

— Je ne vois pas l'intérêt de l'appeler si c'est pour lui dire que je ne sais pas où est son fils.

— Tu sais qu'il est en vie, c'est déjà ça, dit Liz. Tu sais qu'il est parti de son plein gré. Lorna s'imagine peut-être qu'il a été kidnappé ! Oh, personne ne mérite de vivre ça, pas même Lorna Bartell. Rester là, impuissante, à se demander si son enfant n'est pas mort, son corps abandonné au bord d'une route…

— Ce n'est plus vraiment un enfant, glissa Micah avant de répéter sa question. Pourquoi Carl a le bras dans le plâtre ?

— Parce que c'est un idiot », dit Liz, qui avait fini par se lever pour débarrasser le buffet. Elle se figea, un plat à gratin serré contre le ventre. « Apparemment, lui et ses copains déposaient un matelas dans la salle de jeux d'un gars. Je ne sais pas ce qu'ils trafiquaient avec un matelas de seconde main, ou plutôt je ne veux pas le savoir, mais, bref, ils avaient chargé le matelas à l'arrière d'un pick-up conduit par le grand frère de l'un d'entre eux, et les autres, dont Carl, suivaient le pick-up entassés dans une deuxième voiture. Tout à coup, le matelas se détache, glisse du pick-up en plein milieu de l'autoroute et leur voiture roule pile dessus, et ensuite, je ne sais pas comment…

— Les roues décollent, compléta Carl, qui était réapparu dans l'embrasure de la porte, une assiette à la main cette fois. La voiture surfe sur le matelas un bon moment, et là Iggy, le mec qui conduit, met les gaz et bam ! la voiture fait une espèce de méga-accélération, elle part en avant et laisse le matelas sur place ; t'aurais dû voir ça, oncle Micah…

— Non, il n'aurait pas dû voir ça, et toi non plus, trancha Liz. Que tu aies survécu est tout bonnement…

— Mais quel rapport avec son plâtre ? demanda Micah.

— Ben, on était tellement nombreux sur la banquette arrière qu'on n'avait pas tous la ceinture, tu vois…

— Je ne veux pas entendre ça ! le coupa Liz. Je ne veux même pas y penser ! Je ne veux plus jamais qu'on mentionne cette histoire devant moi, plus jamais ! » Et, furieuse, elle emporta son plat à gratin dans la cuisine.

« Ça va, maman. Sérieux… » Il leva les yeux au ciel en se tournant vers Micah et la suivit avec son assiette.

« Bref ! » lança Suze sur un ton jovial. Des quatre sœurs, elle était la seule à ne pas s'affairer. Elle resta assise et adressa un grand sourire avenant à Lily, à l'autre bout de la table. « Je me demande ce que tu vas penser de nous, Lily, avec toutes nos histoires de famille saugrenues. »

Ah oui, Lily. On l'avait un peu oubliée. Mais, sans se démonter, elle rendit à Suze son sourire et dit : « Aucun souci. » Devenir ainsi le centre de l'attention, ne serait-ce qu'un instant, la fit rougir jusqu'aux oreilles. « J'ai juste peur de ne pas me souvenir des prénoms de tout le monde, plus tard.

— C'est vrai que ça demande un peu de pratique, acquiesça Dave. Surtout pour ce qui est des sœurs. Mais je vais te donner une astuce : la couleur des cheveux. Ada, fausse rousse. Liz et Norma, fausses blondes, et Norma est la, hum, la pas maigre. Suze, ici présente…, continua-t-il en adressant un large sourire à sa femme, Suze est *au naturel**. » Il prononça ce dernier terme à l'américaine, et non à la française.

« Il se trouve que j'ai autre chose à faire que de me teindre les cheveux, se défendit Suze. Quand on commence, on ne peut plus s'arrêter. Quel est l'intérêt de passer sa vie chez le coiffeur ? Sans parler du prix que ça coûte.

— Oh, je suis tout à fait d'accord », approuva Lily en hochant vigoureusement la tête.

Non pas qu'elle eût besoin d'une quelconque coloration. Ses cheveux évoquaient du raphia à Micah.

« Et, bien sûr, Micah, c'est le frère…, poursuivit Dave avec obstination.

— Ah, Micah, lui, je ne risque pas de l'oublier, dit Lily – ce qui fit rire toute la tablée.

— Tu as vu ça, Micah ? lança Phil. Te voilà une légende vivante.

— Que voulez-vous que je vous dise ? Je suis quelqu'un qu'on remarque, il faut croire.

— Sois indulgente avec Micah, dit Phil à Lily. C'est le bébé de la famille. Ada et moi étions déjà fiancés quand il est né, et même Suze était au collège. Alors, évidemment, il essaie de compenser en se comportant comme un vieux. Un vrai papi asocial et grincheux.

— Oh, il est bien plus sociable que mon frère à moi, dit Lily.

— Tu as un frère ? intervint Suze.

— Oui, il s'appelle Raymond, il a deux ans de plus que moi. Il a monté sa propre affaire, Traveling Toilets, une boîte qui fabrique des chaises percées pliantes, et il y consacre tout son temps. Pas de petite amie, pas de copains… mais il gagne bien sa vie.

— Formidable », dit Suze d'une voix traînante indiquant qu'elle écoutait à peine. Comme toutes les familles ou presque, les Mortimer étaient convaincus qu'ils étaient plus fascinants que les autres. En un sens, c'était aussi l'avis de Micah, même s'il s'en défendait.

« Tadam ! » s'exclama Ada en revenant de la cuisine avec entre les mains un énorme plat d'on ne savait quoi enfoui sous une montagne de crème fouettée. Les jumelles la suivaient avec des assiettes à dessert, et un essaim d'adolescents et de jeunes enfants afflua du salon.

« Phil, prends une photo, ordonna Ada, qui n'était pas peu fière de ses desserts. Tout le monde a gardé sa fourchette ? »

Non, personne, apparemment. On envoya Norma en chercher de nouvelles.

« En plus, fit Lily qui poursuivait sa discussion avec Suze, je dois avouer que ça ne viendrait jamais à l'esprit de Raymond de laver sa cuisine. »

L'espace d'un instant, Suze sembla déconcertée. (Dans cette famille, les conversations ne prenaient pas la forme de longs échanges ininterrompus, mais plutôt de geysers de paroles jaillissant subitement çà et là, si bien qu'elle n'avait pas l'habitude de se concentrer sur un unique sujet.) « Ah, oui. Ton frère, finit-elle par dire.

— Raymond ne sait même pas faire sa lessive. Il apporte tous ses vêtements à notre mère pour qu'elle les lave.

— Alors que Micah, lui, fait sa lessive tous les lundis matin à huit heures vingt-cinq », dit Dave.

Il n'y avait pas une once de vérité dans ce qu'il venait de dire, mais Micah ne releva pas, se contentant d'esquisser un geste résigné de la main tandis que les autres gloussaient. « Tu serais comme moi si tu avais été élevé dans une famille où le chat dormait dans le plat à rôtir, dit-il à Dave.

— Dans le plat à rôtir ! » fit son beau-frère, consterné. Il connaissait pourtant la famille depuis l'époque où les parents de Micah étaient encore en vie, et n'aurait pas dû être étonné.

« Et pas question d'avoir un vaisselier ou un placard à provisions, poursuivit Micah à l'adresse de Lily. Non, on avait des placards, point, et on fourrait tout n'importe comment à l'intérieur, et ce qui ne rentrait pas, on le laissait sur le plan de travail. Et le dîner pouvait aussi bien être à dix-sept heures qu'à vingt heures, voire il nous arrivait de le sauter. Et la vaisselle sale s'empilait dans l'évier jusqu'à ce qu'il n'y ait plus rien de propre ;

il fallait rincer un bol pour pouvoir manger ses cornflakes du matin.

— Micah a eu une enfance *atroce*, murmura Norma.

— Ce n'est pas ce que j'ai dit. J'ai eu une belle enfance. Maman et papa étaient super. Ce que je dis, c'est que, quand tu grandis dans ce genre de chaos, tu te jures de faire les choses différemment une fois indépendant.

— Et moi, alors ? demanda Ada.

— Toi ? »

Elle servait de grosses cuillerées de dessert qu'elle faisait tomber sans délicatesse dans les assiettes. Elle s'interrompit pour lécher la crème fouettée sur son pouce, avant de déclarer : « Moi aussi, j'ai grandi dans le chaos, non ? Pareil pour Suze et les jumelles. Mais ce n'est pas pour autant qu'on fait nos précieuses.

— Ça, c'est sûr », rétorqua Micah. (Les pétales des chrysanthèmes fanés étaient éparpillés sur le buffet. Une revue de bandes dessinées – curieusement trempée – gisait par terre près de la porte de la cuisine.)

« Certains enfants grandissent au milieu du désordre, déclara Ada. Et leur réaction est de dire : “Quand je vivrai seul, je serai la personne la plus soigneuse du monde.” D'autres grandissent dans le désordre et en déduisent que, bon, visiblement, la vie est une vraie pagaille, c'est comme ça. L'éducation n'a rien à voir là-dedans.

— C'est dans les gènes, renchérit Liz. Vous vous rappelez comment était papi Mortimer.

— Ah, ça oui, répondit Norma en secouant la tête.

— Micah ne l'a pas connu, expliqua Liz à Lily. Mais il n'empêche qu'il a ses gènes. C'est bien le seul parmi nous. Tout était impeccable, chez papi ! Chaque chose à sa place ! Son tiroir à chaussettes ressemblait à une boîte de chocolats, chaque paire roulée et posée verticalement, conformément à ses instructions. Il lisait les articles des journaux dans l'ordre, page à page, en prenant soin de les replier parfaitement à plat quand il avait terminé. Et pas question que quelqu'un touche à son journal avant lui ! Son métier consistait à peindre des enseignes : tous ses tubes de peinture et toutes ses encres étaient triés par ordre alphabétique des couleurs. Je me rappelle en particulier les *B*, parce qu'il y en avait plein : beige, bleu, bordeaux, bronze… J'ai oublié ce qui venait ensuite.

— Brun, peut-être ? suggéra Norma.

— Je ne vois pas ce qu'il y a de si bizarre à cela, dit Micah. Comment vous feriez, vous ?

— Moi, je me fierais à mon bon sens, répondit Liz. Je me dirais : "Du bleu, hmm, où est donc mon bleu ? Je me souviens que, la dernière fois que je l'ai utilisé, c'était pour le panneau 'À LOUER' que j'ai fait hier." »

Micah s'imaginait très bien à quoi ressemblerait l'établi de Liz – les bombes et les flacons posés n'importe comment, mélangés à des pinceaux aux poils raidis par les résidus de peinture, des tasses de café sales, une facture pour la télé câblée, une laisse de chien et un reste de bagel.

« Ce que j'essaie de dire, reprit Ada, c'est que la question n'est pas de savoir si une personne est désordonnée ou soigneuse. Il faut plutôt se demander si elle accepte ou pas les choses telles qu'elles sont. Comme on dit toujours, nous qui nous adaptons : "Au bout du compte, on n'y peut rien."

— Ben, moi, il me semble que c'est bien décourageant, tout ça, dit Micah. À quoi ça sert de vivre si on n'essaie pas d'améliorer les choses ? »

Ada haussa les épaules et passa une assiette à un enfant. « OK, tu marques un point », concéda-t-elle.

La coutume voulait que ce soient les hommes qui fassent la vaisselle après les repas de famille. Micah s'occupait de remplir le lave-vaisselle, parce qu'il avait mis au point un système. Phil récurait le gril pendant que Dave et Grant finissaient de rapporter ce qui restait dans la salle à manger. Kegger se contentait de traîner dans les pattes des uns et des autres. En théorie, les fils et les gendres étaient censés être de corvée eux aussi, mais cela causait un tel embouteillage qu'ils eurent tôt fait de s'éclipser dans le jardin, où une partie de baseball était en cours.

Mais, même quand les hommes eurent fini, la cuisine était loin d'être dans un état satisfaisant aux yeux de Micah. Les plans de travail étaient encore encombrés de briques de Lego, de feutres Velleda et de carnets, et, pour une raison qu'il ignorait, la porte du four refusait de se fermer.

Très bien : il allait essayer de s'adapter.

Au salon, il trouva les femmes affalées ici et là, ostensiblement épuisées, gardant un œil sur quelques jeunes enfants en train de construire un circuit sur le tapis. Une belle-fille s'était endormie dans le fauteuil inclinable, mais le bébé sur ses genoux était on ne peut plus réveillé et mâchonnait un bretzel en caoutchouc qu'il tenait à deux mains. Micah se risqua à lui faire un petit coucou du bout des doigts. Le bébé le regarda d'un air sévère et continua de mâchonner.

« Assieds-toi, proposa Ada. Décale-toi un peu, Liz, fais-lui une place.

— Non, ça va, il faut que j'y aille.

— Tu es pressé ou quoi ? Il est encore tôt. Qu'est-ce qui t'attend de si important ?

— Ah, c'est vrai, ça ! lança Liz – et, soudain alertes, toutes les femmes se redressèrent. Qu'est-ce qui t'attend ? Rien ! Un appartement vide ! Je ne supporte pas l'idée que Cass t'ait quitté !

— Que veux-tu, c'est comme ça.

— Tu ne peux pas la dissuader ? Lui demander d'y réfléchir ? Il y a forcément quelque chose que tu pourrais lui dire pour la faire changer d'avis.

— Oui, oui, j'y penserai…, répondit Micah sans conviction. Bon, merci, Ada. Fantastique, ce repas. Dis à Lily que ça m'a fait plaisir de la rencontrer. Et Liz, Kegger n'a qu'à me passer un coup de fil quand il sera prêt à aller voir les ordinateurs. »

Tout en parlant, il se dirigea vers le vestibule en prenant garde de ne pas marcher sur un morceau de circuit automobile ou sur un enfant. « Ça t'aiderait si *moi*, j'appelais Cass ? lui lança Suze.

— Il ne faudrait pas que tu deviennes un vieux célibataire tout aigri », renchérit Norma.

Il franchit la porte d'entrée et se retrouva dans l'air mordant du crépuscule, où flottait une odeur de fumée et où l'on n'entendait que des sons lointains. Il redressa les épaules et prit une longue et profonde inspiration.

Il aimait beaucoup sa famille, mais parfois elle le rendait fou.

Sur la route du retour, il entendit le *ding* d'un texto. Naturellement, il ne regarda pas son téléphone en conduisant. Il continua en direction de l'est sur quelques centaines de mètres, tourna à gauche… puis ralentit progressivement jusqu'à faire quasiment du sur-place.

Ce n'était certainement pas un membre de sa famille. Ni un client, pas à cette heure-ci.

Dès qu'il aperçut une place libre, il se déporta légèrement, puis se gara le long du trottoir. Et ce fut seulement là qu'il sortit son téléphone de sa poche. (« Bravo », observa le dieu de la Circulation.) Il remonta ses lunettes sur son front pour examiner l'écran, mais ce n'était qu'un message de son fournisseur d'accès Internet pour accuser réception de son paiement mensuel.

Ça devrait vraiment être illégal d'envoyer des textos professionnels le soir.

Il resta là encore quelques instants, un peu avachi sur son siège, puis rangea son téléphone et baissa ses lunettes pour regagner la route.

De retour dans son appartement (son appartement *vide*, comme Liz l'avait si habilement fait remarquer), il en fit le tour pour allumer la lumière dans la cuisine, le salon et son bureau. Là, il s'assit pour consulter ses e-mails, mais ne trouva dans sa boîte qu'un autre accusé de réception de son paiement mensuel, au cas où le texto n'aurait pas suffi.

Il recula sa chaise et s'apprêta à se lever, mais s'arrêta net.

Toute la journée, il avait senti comme une douleur lancinante au creux de sa poitrine. Il avait l'impression d'avoir cafouillé quelque part. À plusieurs égards, en réalité. Se faire larguer par Cass, mettre Brink à la porte et l'envoyer Dieu sait où… Et ses sœurs avaient raison : c'était cruel de laisser Lorna dans l'ignorance, à s'imaginer Brink peut-être mort quelque part.

Il rapprocha à nouveau sa chaise du bureau et ouvrit une page Internet.

À sa grande surprise, il n'eut pas de mal à trouver Lorna. Il commença par localiser le cabinet d'aide juridictionnelle de Washington. Puis il cliqua sur « l'équipe », ce qui le mena à une liste d'avocats. Il n'y avait pas de Lorna Bartell, mais il vit une certaine Lorna B. Adams. Un clic sur le nom et elle apparut : une femme brune, en plan buste, des lunettes à monture d'écaille (des lunettes !) et une chemise blanche impeccable. Il la reconnut uniquement parce qu'il la cherchait. Il n'aurait jamais fait le lien s'il l'avait simplement croisée dans la rue. Le paragraphe à côté de sa photo décrivait son domaine d'expertise – le droit de la famille – ainsi que ses emplois précédents et sa formation. Suivaient un numéro de téléphone, un autre de fax et une adresse e-mail.

Il opta pour l'adresse e-mail. Se doutant que son message serait d'abord lu par un ou une secrétaire, il resta concis et sobre.

« Bonjour, Lorna.

C'est Micah, de la fac. J'ai pensé que tu voudrais peut-être savoir que j'ai rencontré Brink récemment. Un chouette gamin, ça avait l'air d'aller.

M. »

Il envoya le message, qui disparut accompagné d'un effet sonore, et se leva pour de bon.

En principe, il aurait dû se sentir mieux à présent que c'était fait, mais la douleur persistait.

5

Le vendredi matin, le sol était couvert de givre – chose inhabituelle pour un mois d'octobre. En fait, quand Micah mit le pied dehors, en découvrant l'herbe blanchie, il crut d'abord que sa vue lui jouait encore des tours, comme lorsqu'elle se brouillait au petit matin, et il cligna plusieurs fois des yeux avant de se rendre compte de son erreur. L'air était si froid qu'il voyait son haleine quand il expirait. Il aurait fait demi-tour pour aller chercher son blouson s'il n'avait pas su d'expérience que son jogging allait le réchauffer.

À cette heure, les rues étaient désertes. Quand il rentrerait chez lui, des voitures seraient en train de klaxonner, des écoliers afflueraient sur les trottoirs, des gens attendraient le bus – certains en veste blanche de cuisinier, d'autres en blouse bleue ou verte de personnel hospitalier ; mais, pour l'instant, York Road était si dépeuplée qu'il pouvait traverser sans regarder à gauche ni à droite, et il courut ainsi jusqu'à Charles Street sans croiser âme qui vive.

Imaginez qu'un cataclysme ait frappé la ville pendant la nuit. Prenez par exemple une de ces bombes à neutrons dont on parlait autrefois, qui aurait éradiqué l'humanité, mais laissé les bâtiments intacts. Combien de temps faudrait-il à Micah pour s'apercevoir qu'il était arrivé quelque chose ? Au début, il serait simplement ravi de ne pas avoir à s'arrêter aux croisements, pour une fois, ni à slalomer entre quelques mères et leurs poussettes. Il rentrerait chez lui après son jogging, regarderait son téléphone et serait soulagé de n'y trouver aucun message. Cela lui donnerait plus de temps pour prendre sa douche, son petit déjeuner et passer l'aspirateur, comme tous les vendredis. Mais, ensuite, toujours pas de message ! Et aucun locataire qui frapperait à sa porte ! Très bien. Il vaquerait donc à ses occupations. Par exemple, revoir son manuel en vue de sa réédition. Se préparer un sandwich vite fait pour le déjeuner et, après cela (puisque son téléphone resterait mystérieusement silencieux), concocter un plat plus ambitieux pour le dîner, qui pouvait mijoter tout l'après-midi. Puis il travaillerait à nouveau sur son manuel, mais il trouverait cela assommant à la longue. Alors il irait peut-être se détendre un peu sur le canapé en faisant une partie de Spider Solitaire. Plusieurs parties, en réalité, parce qu'une fois qu'il commençait, il avait du mal à s'arrêter. Et après ? Puisqu'il avait tout son temps, apparemment.

À la nuit tombée, il se lèverait du canapé et jetterait un œil par l'une de ses fenêtres, mais les azalées obstrueraient tellement la vue qu'il déciderait de sortir sur le perron pour pouvoir scruter la rue. Aucune voiture sur la route. Aucune lumière aux fenêtres en face de chez lui. Pas l'ombre d'une file d'attente devant le restaurant de truites ; pas une seule vieille dame en train de traîner derrière elle son chariot de courses ; pas de garçons en sweat à capuche qui se bousculaient au bord du trottoir.

« Il y a quelqu'un ? » hasarderait-il.

Aucune réponse.

Juste avant Roland Avenue, il ralentit pour s'essuyer le visage avec sa manche et, quand il releva la tête, il vit deux femmes en survêtement marchant côte à côte devant lui. « C'est Chris Jennings qui me l'a dit, confiait l'une tandis qu'il arrivait derrière elles. J'ai dit : "Chris, comment tu as fait pour découvrir le pot aux roses ?" Et il m'a répondu : "Oh, tu sais, ça fait vingt ans que je suis marié, après tout..."

— C'est fascinant, tu ne trouves pas ? dit l'autre femme. Les gens sont parfois tellement... surprenants, c'est fou. »

Micah les dépassa en jetant un coup d'œil furtif à leurs visages. Il se fit l'effet d'un homme affamé lorgnant un festin avec envie.

Ensuite, la rue se mit à grouiller de monde. Il y avait des hommes un porte-documents à la main, des enfants avec d'énormes sacs sur le dos, les bras chargés de maquettes en carton et d'affiches roulées. Il y avait des voitures et des bus, et puis des bus scolaires et un camion-poubelle avec deux éboueurs qui s'accrochaient à l'arrière. Plus loin, au niveau de l'école primaire, un agent qui faisait traverser les enfants s'avança sur la chaussée suivi d'un petit garçon, mais une femme sortit d'un break à quelques mètres de là et cria au garçon : « Pas de blouson ?

— Hein ? répondit celui-ci en se retournant.

— Ton blouson !

— Quoi ?

— Ton blouson ! répéta une autre femme qui arrivait à sa hauteur.

— Oh ! » fit-il alors avant de rebrousser chemin jusqu'au break en trottinant.

Micah traversa avec l'agent et tourna à droite, en direction de chez lui.

Les femmes faisaient tourner le monde, indéniablement. (Il y avait une différence entre « diriger le monde » et « le faire tourner ».) Il esquiva deux adolescents les yeux rivés sur le téléphone portable de l'un d'entre eux. Les femmes connaissaient toutes les règles tacites : elles ne touchaient pas au linge amidonné et repassé mis à leur disposition aux toilettes par leur hôtesse, elles s'essuyaient les mains sur le revers de leur jupon ou sur une vieille serviette-éponge destinée à la famille. Si on leur présentait une coupe de fruits disposés en une pyramide à l'équilibre précaire, elles s'extasiaient devant tant de raffinement, mais refusaient de bouleverser cet ordre parfait. D'ailleurs, quand il était petit et que sa mère invitait ses amies à la maison, Micah se demandait pourquoi elle ne proposait pas une coupe de fruits artificiels : aucune de ses convives n'aurait remarqué la supercherie. Et même ses sœurs si mal organisées, qui se prélassaient dans leurs maisons en désordre, où avaient-elles appris à effacer d'un geste furtif la marque de leur rouge à lèvres sur le bord de leur verre à vin ? Comment les filles de sa classe de sixième avaient-elles appris à relever leurs cheveux à deux mains pour les nouer négligemment et les faire tenir comme par magie, sans la moindre épingle, sur le sommet de leur crâne, à l'exception de quelques adorables mèches qui bouclaient dans le creux de leur nuque ? En regardant ces filles, il se disait : « J'en veux une, moi aussi. » Il n'était pas encore adolescent ni tout à fait conscient de sa sexualité, mais il désirait déjà avoir une fille rien qu'à lui.

Résultat des courses : il n'avait personne.

Il ralentit et finit la dernière portion du trajet jusqu'à York Road en marchant. Il confondit un instant la bouche à incendie avec une tête rousse et haussa les épaules, comme à son habitude, en songeant combien cette pensée se répétait, combien *toutes* ses pensées se répétaient, combien elles semblaient routinières – à l'image de sa vie tout entière, à vrai dire.

Il passa devant le restaurant de truites. « PLAT DU JOUR : POISSON DU VENDREDI », annonçait le panneau écrit à la main dans la vitrine – le même panneau défraîchi aux coins abîmés qu'ils accrochaient tous les vendredis matin. En approchant de l'allée menant à son immeuble, il aperçut une femme sur la véranda, assise sur la balancelle dont personne ne se servait jamais.

Il pensa d'abord qu'il s'agissait de Cass. Cette femme n'avait pourtant rien à voir avec Cass ; elle était bien plus petite, brune, et ses cheveux coupés à la garçonne encadraient son visage. Et ses pieds étaient sagement joints alors que Cass, elle, aurait sans doute agité distraitement les siens pour se balancer. Mais c'est ce qui arrive quand on pense à quelqu'un : on croit voir cette personne dans tous les passants que l'on croise.

« Bonjour, dit-il en grimpant les marches.

— Micah ? »

Il la reconnut à son calme. Pas à sa voix – légèrement rauque, un trait particulier qu'il avait oublié – ni à son accent montagnard perceptible dans sa prononciation du *i* de « Micah », mais à son calme inébranlable, y compris quand elle leva les yeux vers lui. Elle semblait tellement posée que c'en était étrange.

« Lorna », dit-il les bras ballants alors qu'il était arrivé poings sur les hanches.

Elle se leva : « Je viens au sujet de Brink.

— Bien sûr.

— Où est-ce que tu l'as vu ? »

Son ton et la façon dont elle serrait ses paumes l'une contre l'autre devant elle trahissaient son impatience.

« Euh, ici, en fait.

— Ici ? répéta-t-elle en regardant autour d'elle. Pourquoi viendrait-il *ici* ?

— Tu veux entrer ? » proposa-t-il au lieu de répondre.

Elle se retourna immédiatement pour ramasser son sac à main sur la balancelle. Il déverrouilla la porte d'entrée – inutile d'éviter la buanderie ; il s'agissait visiblement d'une urgence – et s'écarta pour la laisser passer. Elle portait un élégant tailleur-pantalon bleu marine dont la veste cintrée s'évasait sous la taille, une fantaisie que Micah trouva fâcheuse. De même que sa coupe de cheveux courte. Cela lui donnait un air… frivole. Mais elle avait toujours ce visage plein de caractère au teint blanc, remarqua-t-il quand il lui passa devant pour descendre l'escalier. Elle avait gardé ses yeux de biche. Elle ne portait pas les lunettes à monture d'écaille qu'il avait vues sur sa photo.

Il traversa le sous-sol toujours devant elle, déverrouilla la porte de son appartement et la fit entrer. « Désolé, je n'ai… », commença-t-il. Pas encore eu le temps de ranger, allait-il ajouter. (Sur la table basse, il restait plusieurs canettes de bière vides ainsi qu'une pile de courrier publicitaire et son téléphone portable.) Mais, bien entendu, Lorna n'avait que faire de ses petites habitudes. Elle continuait de le fixer. Deux fines rides lui barraient le front, découvrit-il avec surprise.

« Enfin, mais qu'est-ce qui lui a pris de venir chez toi ? dit-elle.

— Oh, tu sais… »

Ça s'annonçait compliqué.

« J'ai cru comprendre qu'il avait vu une photo de nous deux quand on était jeunes. »

Elle paraissait perplexe.

« Il se posait des questions sur son père, je crois, et il… »

Elle ne cessait de le dévisager.

« Il a sans doute cru que c'était moi, son père.

— Pardon ?

— Je crois qu'il ne faisait que tâter le terrain. »

Elle tendit la main derrière elle, trouva le bord du fauteuil inclinable et s'y laissa tomber.

« Bien sûr, je lui ai expliqué qu'il faisait erreur, continua Micah.

— Ce n'est même pas… matériellement possible !

— Je sais. C'est ce que je lui ai dit.

— Comment est-ce qu'il a bien pu se mettre une idée pareille en tête ?

— Ma foi, peut-être que si tu lui disais qui est vraiment son père…

— Il t'a parlé de l'école ?

— L'école ? Non. Il a juste dit qu'il allait au Montague College.

— Montrose. »

Micah s'assit sur le canapé en prenant soin de pousser le plaid froissé. « Comment est-ce que tu m'as retrouvé ? demanda-t-il.

— Eh bien, j'ai reçu ton mail, comme tu le sais. Je consulte toujours ma boîte professionnelle de la maison quand je me réveille. Et je savais que tu avais une entreprise dans l'informatique. C'est Marissa Baird qui me l'avait dit. Elle assiste à toutes nos réunions d'anciens de la fac et prend des nouvelles de tout le monde.

— C'est bien son genre », dit-il, goguenard.

Lorna lui adressa un regard réprobateur. Comme autrefois, ou presque. « Alors j'ai cherché "réparation d'ordinateurs à Baltimore" et j'ai vu Techno Crack. C'est comme ça que les filles de ma résidence universitaire t'appelaient.

— Ah oui, c'est vrai.

— Ce n'est pas comme s'il y avait des millions de Techno Crack dans le monde.

— Je suis prévisible, il faut croire. »

Elle ne chercha pas à le contredire. « Je pensais d'abord t'appeler, dit-elle. J'avais commencé à composer ton numéro, si tu veux tout savoir. Mais ensuite je me suis rendu compte qu'il était très tôt, donc j'ai décidé d'attendre, puis je me suis dit que, quitte à attendre, autant venir en personne.

— Tu aurais pu appeler, tu sais. Je me lève aux aurores, la plupart du temps.

— Il faisait encore nuit. Je ne dors pas tellement, en ce moment, dit-elle avant d'hésiter un instant. Et puis… disons que je trouve qu'on obtient toujours des réponses plus franches en face à face.

— Tu pensais que je ne serais pas franc avec toi ? »

Elle haussa les épaules.

« Et donc, reprit-elle, il t'a cherché, puis il t'a demandé si tu étais son père…

— Je lui ai dit que non, évidemment.

— Et après, il est parti ?

— C'est ça. Mais ensuite il est revenu. Je crois qu'il ne savait pas trop quoi faire d'autre. Il a fini par dîner ici. Il a passé la nuit dans ma chambre d'ami, pris son petit déjeuner le lendemain… Il n'avait pas du tout l'air préoccupé.

— Est-ce qu'il t'a dit que sa famille n'avait aucune idée de là où il se trouvait ?

— Non, pas vraiment. Mais je m'en suis rendu compte au bout d'un moment, en voyant tous les textos qu'il recevait. J'ai insisté pour qu'il te contacte. Crois-moi.

C'est un peu pour ça qu'il est parti ; je lui ai dit que, s'il voulait rester ici, il devait te dire où il était. »

Il s'attendait plus ou moins à ce qu'elle le remercie, mais elle demanda : « Il n'a fait aucune allusion à l'endroit où il comptait aller ? »

Petite créature tenace. Elle menait le jeu, le nez pointé vers lui, et dardait sur lui son regard perçant.

« Non, il n'a rien dit.

— On n'a pas encore appelé la police. Je ne suis même pas certaine qu'ils considéreraient que c'est une disparition.

— Non. Certainement pas ! Il a dix-huit ans.

— Oui, mais…

— Et je suppose qu'il ne s'est pas fait traîner hors de chez vous en criant et se débattant ?

— Non…

— Comment se fait-il qu'il soit parti, au juste ?

— Eh bien, il a d'abord quitté l'université et il est rentré à la maison : c'est le mystère numéro un. Il n'en est qu'à son premier semestre ! Il venait d'entrer à la fac en septembre ! Il nous disait que ça se passait bien. Non pas qu'il nous ait donné beaucoup de nouvelles – un texto de temps en temps, c'est tout. C'était du style : "Je dois mettre combien de dosettes-trucmuches de lessive dans la machine à laver ?", ou : "Tu n'aurais pas pensé à mettre mon spray nasal dans mon sac, par hasard ?" Ce genre de choses. Mais, après tout, c'est un adolescent. Je ne m'attendais pas à des conversations à cœur ouvert.

— Non, c'est sûr.

— Et puis, la semaine dernière, quand je suis rentrée du travail, j'ai entendu de la musique dans sa chambre. J'ai monté l'escalier, frappé à sa porte, passé une tête dans l'embrasure, et je l'ai vu là, étendu sur son lit à regarder le plafond. Je lui ai dit : "Brink ! Mon chéri ?

Qu'est-ce que tu fais là ?" Et il a dit : "Parce que je dois avoir une raison pour être dans ma propre chambre ?" Alors j'ai dit : "Mais comment tu es venu ? Et Montrose ? Et tes cours ? – J'ai fait du stop avec un copain de la résidence universitaire, il m'a répondu. J'arrête les cours pour le moment." Là-dessus, il s'est tourné sur le côté, face au mur. »

Micah émit un claquement de langue.

« Bon, j'ai pensé qu'il fallait lui laisser un peu de temps. Peut-être qu'il essayait de trouver le courage de me dire quelque chose. Qu'il s'était fait exclure, ou un truc comme ça, tu vois ? Mais on est seulement en octobre ! Comment aurait-il pu se faire déjà exclure ? Bref, je suis redescendue et, quand Roger est rentré, je l'ai envoyé voir Brink. Ils ont toujours eu des rapports, disons… tendus, comme souvent entre père et fils, mais je me suis dit que, cette fois-ci, Brink préférerait peut-être parler à un homme. Enfin, au cas où ce serait un problème de garçons qui le tracassait. Mais Roger n'a pas obtenu plus de réponses que moi. On était tous les deux désarçonnés. Ça, c'était jeudi dernier, et Brink est resté vendredi, samedi, dimanche… Il descendait pour les repas, mais ne disait pas un mot, même pas à son frère ni à sa sœur. Eux étaient ravis de le voir, au début, mais il ne leur adressait même pas un regard.

— Il a peut-être été blessé dans son ego, suggéra Micah. Peut-être qu'il se croyait unique au lycée et que, une fois à la fac, il s'est rendu compte que *tout le monde* était unique.

— Oui, j'y ai pensé. J'espérais que ce n'était que ça. Alors, lundi, je suis sortie tôt du travail et je lui ai proposé de venir faire des courses à l'épicerie avec moi. Je comptais sur l'effet voiture. Tu sais, quand les enfants qui refusent de parler à leurs parents s'épanchent dès qu'ils sont dans un véhicule en mouvement. Comme si ce qu'on disait dans une voiture ne comptait pas. Et je me disais qu'il allait devenir dingue à force de rester enfermé dans sa chambre et qu'il serait peut-être content d'avoir une excuse pour sortir. En plus, lui et Roger s'étaient un peu, comment dire, accrochés pendant le week-end, donc je savais qu'il n'y avait aucun espoir de ce côté-là. Roger a tendance à manquer de subtilité, parfois. C'est juste qu'il a du mal à comprendre que certains enfants ont besoin de… que les enfants ne s'accomplissent pas tous immédiatement. Enfin bref, Brink avait apparemment décidé que ça ne lui ferait pas de mal de m'accompagner ; qu'est-ce qu'il avait à perdre ? Et, une fois qu'on a commencé à rouler, je lui ai parlé de *mon* premier semestre de fac. Je lui ai dit que j'avais eu l'impression d'être une péquenaude. "Mais toi, je lui ai dit, toi, tu as tout pour toi, mon chéri ! Les gens vont s'en apercevoir, tôt ou tard. Tu es tellement doué en sport et en musique !" Est-ce qu'il t'a dit qu'il jouait de la guitare ? Il a l'oreille absolue. Je ne sais pas d'où il tient ça. Pas de moi, en tout cas. Il sait retrouver un numéro de téléphone simplement en mémorisant les sons des touches quand on le compose.

— Vraiment ? dit Micah, particulièrement intéressé par cette révélation. Attends, est-ce qu'un numéro de téléphone a la même mélodie quel que soit l'appareil qu'on utilise ? »

Lorna le regarda sévèrement.

« Pardon, se reprit-il. Tu disais ?

— On s'est arrêtés à un feu, et j'ai dit : "C'est pour ça que je pense que, quel que soit le petit souci que tu aies eu à Montrose, Brink, tu peux le surmonter. Remets-toi en selle. Parce que tu es un gagneur-né, crois-moi." Et tu sais ce qu'il a fait ? Il n'a pas dit un mot. Il a ouvert sa portière, il est sorti de la voiture, il a refermé la portière derrière lui et il est parti à pied.

— Ça alors.

— J'étais surprise – un peu blessée, pour être franche –, mais je ne me suis pas tant inquiétée que ça. Après tout, on était dans notre banlieue tranquille en plein jour ; ce n'était pas comme s'il ne pouvait pas retrouver son chemin jusqu'à la maison une fois qu'il aurait fini de bouder. Alors je suis allée à l'épicerie, je suis rentrée, j'ai rangé les commissions… et, tout ce temps, je me disais qu'il allait arriver d'un instant à l'autre. Mais il n'est pas revenu. C'est la dernière fois que je l'ai vu.

— C'est terrible », lança Micah. Il s'efforçait de faire preuve de compassion, mais, en toute honnêteté, il ne trouvait rien de très alarmant dans cette histoire. « Hé, tu veux du café ? proposa-t-il. Je n'ai pas encore pris mon petit déjeuner.

— Oh, je suis confuse ! Oui, je prendrais volontiers du café. Et je t'en prie, prépare ton petit déjeuner, ne t'occupe pas de moi.

— Tu as mangé ce matin, toi ?

— Non, mais je n'ai pas faim.

— Il faut que tu te nourrisses. Viens dans la cuisine. »

Il se leva et elle l'imita pour le suivre. « Tu sais ce que c'est quand on a quelque chose sur le cœur, dit-elle. On a l'impression d'avoir une boule dans la gorge et on ne peut rien avaler.

— Oui. Je sais. »

Il remplit le percolateur au robinet de l'évier. Pendant ce temps, Lorna s'assit sur une des chaises. « Donc il n'a rien mentionné de tout ça ? demanda-t-elle. Il ne t'a pas dit qu'il était parti de la fac, de chez lui ?

— Rien du tout. J'ai juste vu que tu lui envoyais des textos pour savoir où il était.

— D'après Roger, je devrais laisser Brink tranquille. Il m'assure qu'il va bientôt manquer d'argent et que, là, il rentrera.

— Il a beaucoup d'argent ?

— Il a une carte de retrait qu'on lui a fait faire pour ses dépenses à la fac. J'ai regardé ses comptes le lendemain de son départ et il avait retiré trois cents dollars, le maximum autorisé en une seule fois. Mais il a utilisé un distributeur près de l'endroit où il est descendu de voiture, alors ça ne nous a pas appris grand-chose.

— Il n'ira pas bien loin avec trois cents dollars.

— C'est ce que dit Roger. Mais il n'est pas aussi inquiet que moi. Oh, bien sûr, il aime Brink. Mais bon, c'est un mec, tu vois ce que je veux dire ? »

Micah était en train de casser des œufs dans un saladier. Le dos tourné, il demanda à Lorna : « Tu as déjà envisagé de dire à Brink qui était son *vrai* père ? Son père biologique, j'entends. »

Il crut d'abord qu'elle n'allait pas répondre. Il y eut un long silence, puis elle dit enfin : « Je ne sais pas qui est son vrai père. »

Micah se mit à battre les œufs à la fourchette.

« Après notre rupture, continua-t-elle, j'ai… papillonné, on va dire. Et j'ai été un peu dépassée par les événements. »

Micah se demanda s'il avait bien compris. Elle ne pouvait pas être en train de dire ce qu'il croyait qu'elle disait, si ? Il attrapa un poêlon sous le plan de travail et le posa sur la gazinière, laissant le temps à Lorna de développer, mais quand elle reprit la parole, ce fut pour demander : « Tu penses qu'il décrocherait si c'était toi qui l'appelais ?

— Moi ?

— Oui. Vous vous êtes bien entendus, tous les deux, non ? On dirait qu'il t'apprécie.

— Oui, on ne s'est pas trop mal entendus.

— Alors tu serais d'accord pour lui passer un coup de fil et voir s'il te répond ? »

Micah alla chercher son téléphone sur la table basse. « C'est quoi, son numéro ? »

Au lieu de répondre, elle lui montra son propre portable et il s'approcha pour jeter un œil à l'écran. Il composa le numéro et colla le téléphone à son oreille.

Deux sonneries. Puis Brink décrocha : « Allô ? »

Entendant distinctement sa voix, Lorna leva brusquement le menton.

« Salut, fit Micah.

— Salut.

— Écoute, je suis avec ta mère, elle est chez moi. »

Il y eut un *clic*, puis plus rien.

Lorna eut l'air dévastée. « Il a raccroché ?

— On dirait bien, répondit Micah en gardant un instant les yeux rivés sur son téléphone avant de le poser sur le plan de travail.

— Pourquoi tu lui as dit tout de suite ?

— Quoi ?

— Pourquoi tu lui as dit que j'étais là ?

— Que voulais-tu que je dise d'autre ?

— Je ne sais pas… tu aurais pu l'amener plus finement. Tu aurais pu lui demander où il était et comment il allait.

— Oh, *désolé*. Je ne savais pas qu'il y avait un scénario à suivre.

— Excuse-moi, Micah. Je te demande pardon. » (Avaient-ils déjà eu cette conversation ? Elle lui sembla très familière.) Il remarqua ses yeux brillants de larmes. « C'est juste que j'avais repris espoir et… Oh, mais pourquoi est-il si furieux contre moi ? »

Micah retourna à ses œufs. Il alluma un brûleur et découpa un morceau de beurre qu'il fit tomber dans le poêlon. « Il va peut-être rappeler, dit-il.

— Tu crois ?

— Peut-être qu'il a raccroché par réflexe et qu'il va bientôt changer d'avis.

— Je n'arrête pas d'inventer des raisons pour lesquelles il aurait arrêté les cours. Par exemple, je sais qu'il avait envie de rejoindre une fraternité étudiante bien précise. Alors, s'il a découvert qu'ils ne voulaient pas de lui… Mais aurait-il vraiment pu s'en rendre compte si tôt dans l'année ? Peut-être, qui sait. Ou alors, si ça se trouve, il a été suspendu à la suite d'un incident de bizutage. Les journaux sont remplis de ces histoires de bizutage, de nos jours.

— Ce ne sont pas plutôt les gars qui sont déjà dans les fraternités qui organisent les bizutages ? fit remarquer Micah.

— Hmm. Tu dois avoir raison. Alors l'alcool ? Il ne faut pas se voiler la face sur la consommation d'alcool chez les adolescents. Ou les drogues, tiens. À Montrose, si tu te drogues, c'est direct l'exclusion.

— Ça pourrait être ça. Ça expliquerait pourquoi il ne voulait pas te dire pourquoi il a quitté la fac. » Il versa les œufs dans le poêlon et commença à les remuer doucement avec sa fourchette.

« Ou alors un viol collectif ! Ça aussi, ça fait les gros titres. »

Micah se retourna et la regarda, bouche bée. « Mon Dieu, Lorna !

— Quoi ? Tu crois que je ne sais pas que les gamins font parfois de mauvais choix ?

— Si… Mais il y a mauvais choix et mauvais choix.

— J'en connais un rayon, crois-moi », dit-elle en haussant les épaules.

Micah se tourna de nouveau vers la gazinière et continua de remuer les œufs. « C'est sûr, dit-il, tu as bien changé depuis la fac.

— Oui, j'y ai travaillé. J'étais très étroite d'esprit à l'époque, je m'en rends compte. Je voyais bien que ça te tapait sur les nerfs.

— Ah bon, tu le voyais ? » Il ne pensait pas le laisser paraître tant que ça, pourtant.

« Voyons, imagine combien nos vies auraient été différentes si j'avais couché avec toi sans réfléchir ! Pas étonnant que ça n'ait pas marché entre nous.

— Bien, bien, voilà qui est tout à fait insultant. Tu me trouvais si superficiel que ça ? Est-ce que c'est pour *ça* que tu as, hum, papillonné après notre rupture ?

— Oui, sans doute, dit-elle d'un ton désinvolte. Enfin bref, ce que je voulais dire au sujet de Brink, c'est qu'il s'est peut-être mis dans une situation où on pourrait l'accuser *à tort* de viol collectif, c'est tout. »

Micah sortit deux assiettes du placard et les posa sur la table.

« Oh, je ne prendrai rien, dit-elle.

— Alors ne mange rien, dans ce cas », lui lança-t-il.

Il divisa les œufs en deux parts égales à l'aide de sa fourchette et mit l'une dans l'assiette de Lorna, l'autre dans la sienne. Il remplit deux tasses de café et les posa également sur la table.

« Je me demande si nos enfants sont choisis spécialement pour nous, déclara Lorna, pensive. Je me demande si le bon Dieu nous assortit de façon à ce qu'ils nous apprennent des choses.

— Et qu'est-ce que Brink aurait à t'apprendre, au juste ?

— Eh bien, on est extrêmement différents, lui et moi.

— Ça, c'est évident. »

Elle lui jeta un regard soupçonneux, mais il l'esquiva en allant prendre des couverts, des serviettes, et en sortant la crème et le sucre.

« Si je comprends bien, tu crois toujours en Dieu, dit-il, une fois installé devant elle.

— Bien entendu. Oui, bon, disons plutôt que je m'en suis détachée, puis que j'y suis revenue après la naissance de Brink, ajouta-t-elle après une hésitation.

— Et ton mari ?

— Quoi, mon mari ?

— Il est croyant ?

— Non, pas tellement.

— Et Brink ?

— Oh, Brink n'a pas du tout la foi. Pas encore. Mais je suis certaine qu'il y viendra un jour.

— Peut-être pendant cette petite escapade ! » dit Micah avec enthousiasme. Il espérait présenter la disparition de Brink sous un jour plus rassurant, mais Lorna le fixa d'un air absent.

« Au fait, comment a-t-il hérité de ce prénom ?

— C'est un hommage à l'éducatrice de la paroisse à laquelle j'appartenais, du temps de la fac. Marybeth Brink. Tu l'avais rencontrée ?

— Non, je ne crois pas.

— C'est elle qui m'a aidée quand j'ai découvert que j'étais enceinte. Sans elle, je ne sais vraiment pas ce que j'aurais fait. Elle s'est occupée de tout – elle m'a trouvé un logement, s'est arrangée pour que je puisse poursuivre mes études. C'est uniquement grâce à elle si j'ai réussi à avoir mon diplôme, en fin de compte. J'avais l'intention d'appeler mon bébé Marybeth, si c'était une petite fille ; mais, comme c'était un garçon, je l'ai appelé Brink. Bien vrai, je ne me suis jamais sentie aussi proche de quelqu'un. »

Micah sentit comme un élancement. C'était l'expression « bien vrai » qui lui faisait cet effet – cette trace éloquente du passé campagnard de Lorna qui pointait soudain au beau milieu de son discours. Il regarda l'avocate en tailleur-pantalon assise en face de lui et faillit lui dire : « Lorna, c'est bien toi ? » Ce qui le surprit fut la tristesse qu'il en éprouva. Elle ne l'attirait plus comme autrefois ; il n'en revenait pas d'avoir passé autant d'heures à rêver d'elle les yeux ouverts, brûlant de désir. Mais c'était lui qui avait changé. Il avait perdu sa capacité à voir en elle cette aura supplémentaire.

Elle prit une gorgée de café. « Et toi, dit-elle après avoir reposé sa tasse. Je sais que, entre toi et Deuce, ça ne s'est pas bien terminé, et que tu t'es retiré de l'affaire.

— Oui, cette entreprise était une très mauvaise idée, tout compte fait.

— Et c'est là que tu as lancé Techno Crack ?

— Oui, après quelque temps. »

Elle attendit qu'il en dise plus, mais il n'en fit rien. Il dégusta tranquillement son assiette d'œufs tandis qu'elle sirotait son café en l'observant. Il se sentit finalement obligé de poursuivre : « J'ai d'abord bossé pour plusieurs boîtes d'informatique ici et là, mais c'étaient tous des charlots. Et puis un de mes clients, Mr Gerard, a pris l'habitude de passer par moi directement et, quand il a décidé de déménager en Floride, il m'a proposé une sorte de boulot de concierge dans cet immeuble. Certes, je faisais le larbin pour un salaire de misère, mais au moins ça me permettait de vivre sans payer de loyer et sans aucun patron sur le dos. Et puis, petit à petit, certains de mes anciens clients m'ont retrouvé, et c'est pour ça que j'ai lancé Techno Crack.

— Je vois.

— J'imagine que tout ça te paraît bien veule.

— Non, non. Je ne dirais pas veule. Tu es juste… resté fidèle à toi-même, on dirait.

— C'est-à-dire ?

— Oh, tu sais bien. Tu avances sans te retourner.

— Pardon ? Je viens juste de t'expliquer que j'ai passé *ma vie* à reconsidérer mes choix. J'ai fait des erreurs, je suis allé de l'avant et je suis reparti de zéro.

— OK. Et tu ne t'es jamais marié ?

— Eh non.

— Pourquoi ? »

Elle devait s'imaginer qu'elle y était pour quelque chose – qu'il ne s'était jamais remis de sa trahison ou quelque chose comme ça. Ce qu'il trouvait assez vaniteux. « J'ai failli, plusieurs fois. Mais il faut croire que le mariage, ce n'est pas pour moi.

— Et tu n'as personne, en ce moment ?

— Non. »

Il la regarda sans ciller ; il refusait de se laisser démonter. Elle finit par baisser les yeux et (cela fit plaisir à Micah) prit sa fourchette et la plongea dans ses œufs brouillés.

« Et ta famille ? demanda-t-elle.

— Quoi, ma famille ?

— Ada ? Suze ? Les jumelles ? Tes parents sont toujours en vie ?

— Non, papa est mort l'année où j'ai quitté la fac et maman l'a suivi deux ans plus tard. Les filles vont bien, elles. Ada et Norma sont grand-mères, maintenant.

— Ils me faisaient tellement rire, tous, dit Lorna en reprenant une bouchée d'œufs. Cette maison… on se serait cru au cirque ! Tu te rappelles la fois où tout le monde s'est réuni chez vous pour la fête du Travail ? Norma avait décidé d'apprendre la couture toute seule et ses filles portaient les robes qu'elle avait faites. Tu te rappelles ? En coton marron avec des motifs de spatule parce qu'elle avait utilisé les chutes des rideaux de la cuisine. Et Suze était enceinte de neuf mois et demi, elle allait faire pipi au moins dix fois par heure, en disant "L'appel de la nature !" chaque fois qu'elle se levait pour quitter la pièce. Et, ma parole, ça la faisait hurler de rire chaque fois, ce qui déclenchait l'hilarité générale, plus à cause de sa façon de rigoler que de ce qu'elle venait de dire.

— Drôlissime. » Ses sœurs avaient cet effet sur les gens, c'était indéniable.

« Et tes parents venaient d'acheter leur premier téléphone sans fil et, quand il sonnait, c'était la panique parce que personne n'arrivait à mettre la main dessus.

— Exact. Une fois, on l'a retrouvé dans le panier à linge sale. On n'a jamais su comment il était arrivé là.

— Et, ce jour-là, ton père avait égaré ses appareils auditifs…

— C'est une famille plutôt bordélique, je te l'accorde.

— … du coup, quand le mari de Norma… Gregory ? Gary ?

— Grant.

— … quand Grant s'est lancé dans un discours sur la réincarnation, ton père s'est énervé et lui a dit : "Mais qu'est-ce que tu racontes ? La *réincubation* ! Qu'est-ce que c'est que ça, encore ?" »

L'évocation de tous ces souvenirs pêle-mêle lui donnait l'impression que ses proches étaient avec lui – bruyants et dissipés – dans cette pièce. Micah ne put s'empêcher de sourire. (Il était plus facile de s'amuser de leurs travers à distance, en quelque sorte.) « La vérité, dit-il, c'est que papa faisait semblant d'avoir égaré ses appareils. Soyons honnêtes, il détestait ces machins. Il disait qu'ils ne lui servaient qu'à s'entendre mâcher. »

Son téléphone sonna.

Lorna se figea, le dévisageant.

« Excuse-moi », dit-il. Il se leva et alla jusqu'au plan de travail. Il ne reconnaissait pas le numéro à l'écran. Dans l'éventualité peu probable où ce serait Brink, il décrocha : « Allô ?

— Allô ? Je suis bien chez Techno Crack ? demanda une voix d'homme.

— Oui.

— Parfait, B. R. Monroe à l'appareil. Il se passe un truc vraiment bizarre avec mon imprimante.

— Je vais devoir vous rappeler plus tard, dit Micah avant de raccrocher et de reposer son téléphone.

— Il ne rappellera pas, c'est ça ? dit Lorna, qui ne l'avait pas quitté des yeux.

— Attends, on n'en sait rien.

— J'en suis sûre. »

Elle se leva et prit son sac à main. « Je vais te laisser ma carte.

— Tu t'en vas ?

— Il faut que j'aille au bureau. Au moins, maintenant je sais qu'il est en vie, et hors de danger. Tu me préviens si tu as des nouvelles, d'accord ?

— Sans faute, répondit-il en posant la carte près de son téléphone.

— Et, la prochaine fois, tu veux bien le garder un peu chez toi ? Fais-moi juste signe en douce, sans lui dire, OK ? Je peux être là tout de suite ; il me faut moins d'une heure.

— Seulement si tu veux finir à la morgue. Je te propose un marché : prends une heure et demie, et je fais en sorte qu'il reste ici jusqu'à ce que tu arrives.

— Merci, Micah. »

Lorna partit vers le salon et Micah lui passa devant pour lui ouvrir la porte et la précéder au sous-sol. « Où est ta voiture ? demanda-t-il une fois qu'ils furent sur le perron.

— Juste là », dit-elle en faisant un geste en direction de la friperie. Puis elle posa une main sur le bras de Micah et se mit sur la pointe des pieds pour l'embrasser sur la joue, si bien qu'il sentit l'odeur citronnée de son shampooing, son savon ou autre. « Ça m'a fait plaisir de te voir, dit-elle. Même dans ces circonstances. Merci pour tout.

— Oh, ce n'est rien. »

Il recula, les mains enfoncées dans ses poches arrière, et la regarda s'éloigner dans la rue. Vue de dos, elle aurait pu être n'importe quelle femme d'ambition, à un détail près : sa démarche était un peu hésitante, elle manquait d'allant. On aurait presque cru qu'elle ne savait pas vraiment où aller. Mais, bientôt, elle tourna à droite et disparut.

L'imprimante de B. R. Monroe était tout bonnement *kaput*, constata Micah. Elle réagissait encore lorsqu'on appuyait sur « Imprimer », mais les pages qu'elle recrachait étaient vierges. « Maintenant que j'y repense, dit Mr Monroe, elle faisait des trucs bizarres depuis deux semaines, environ. Les copies sortaient de plus en plus pâles. J'ai changé toutes les cartouches, mais rien n'y a fait. »

C'était un homme d'une cinquantaine d'années en survêtement, avec une tresse grisonnante toute fine et une barbe de trois jours – l'exemple parfait du type qui travaille de chez lui. Son bureau était un désastre, partout des tasses de café vides et des piles de brochures effondrées. Les emballages des cartouches neuves étaient éparpillés sur son bureau.

« Depuis combien de temps avez-vous cet appareil ? demanda Micah.

— Voyons voir, ma fille était encore à la maison quand je l'ai achetée, je m'en souviens parce que je lui ai donné l'ancienne que j'avais. Et maintenant elle a fini ses études et elle travaille à New York.

— Alors elle n'est plus sous garantie depuis longtemps. Et je vous le dis tout de suite, je n'ai pas ce qu'il faut pour la réparer ; il faut vous adresser au fabricant. Rien que l'emballage et l'expédition vous coûteraient plus cher que ce que vaut cette machine. Vous feriez mieux d'en acheter une nouvelle.

— Mince.

— On trouve des imprimantes pour pas cher, maintenant. Vous seriez surpris.

— Je vous dois quand même quelque chose pour le déplacement ?

— Naturellement.

— Oui, mais vous n'avez rien fait.

— Il n'empêche que je dois vous facturer le tarif minimum. Je vous l'ai expliqué au téléphone. »

Mr Monroe poussa un soupir et s'en alla chercher son chéquier d'un pas traînant, faisant claquer les semelles en caoutchouc de ses tongs contre ses talons nus.

Sur le chemin du retour, Micah s'arrêta à un distributeur pour déposer le chèque de Mr Monroe. Ensuite, il fit quelques courses au supermarché – du beurre de cacahuètes, du bœuf haché et de quoi faire une salade –, puis il reprit sa voiture et descendit York Road. Quand il tourna dans sa rue, il regarda par réflexe en direction du perron de son immeuble. Mais il n'y avait personne, bien entendu.

Il prit à droite dans l'allée, se gara au parking, sortit ses achats du coffre et descendit les marches qui menaient à sa porte de derrière.

Il avait débarrassé le petit déjeuner et fait la vaisselle avant de partir chez son client, mais la cuisine sentait encore les œufs et le café. La chaise de Lorna était soigneusement rangée en face de la sienne, et la table entre elles parfaitement lustrée. La pièce lui donna plus ou moins l'impression de sonner creux.

Personne pour lui dire : « Tu es rentré ! », ou : « Bienvenue à la maison ! »

Il vida ses sacs de courses, puis rangea le beurre de cacahuètes dans le placard et le bœuf haché dans le réfrigérateur. Quant aux ingrédients pour la salade, il les posa sur le plan de travail parce qu'il était l'heure de déjeuner. Mais, au lieu de s'atteler à cette tâche, il tourna les talons et rejoignit l'espace salon d'un pas nonchalant. Il n'y avait toujours pas mis d'ordre. Il jeta un regard sombre au plaid froissé et aux canettes de bière et courriers publicitaires qui encombraient la table basse. Au fond, se dit-il, peut-être qu'il avait plus de points communs avec sa famille qu'il ne voulait bien l'admettre. Peut-être qu'une seule journée sans passer l'aspirateur suffirait à plonger l'appartement dans le chaos le plus total.

Il se revit soudain la veille au soir, affalé sur le canapé, enchaînant trop de bières et trop de parties de solitaire.

Il quitta le salon et passa dans la chambre. Son lit était fait au carré, parce qu'il veillait toujours à s'en occuper sitôt qu'il avait enfilé sa tenue de jogging. Mais la tenue en question formait un tas sur le dossier en échelle de sa chaise, le tiroir en haut à gauche de sa commode était encore à moitié ouvert et ses baskets jetées n'importe comment sur le tapis. Il alla jusqu'à la commode et ferma le tiroir. Puis il ouvrit celui d'à côté et en examina le contenu : une chemise de nuit blanche pliée, une brosse à cheveux, deux culottes en coton et un sweat-shirt vert olive. Les affaires que Cass avait laissées là en réserve pour les fois où elle restait dormir chez lui.

Le sweat était parfaitement assorti à ses yeux, mais quand il le lui avait fait remarquer, elle avait dit que c'était l'inverse : que ses yeux étaient assortis au sweat. « Quelle que soit la couleur que je porte, mes yeux vont bien avec », lui avait-elle dit, avant d'ajouter en lui donnant un petit coup de coude complice dans les côtes : « Si tu me voyais quand je mets du rouge ! » Il sourit à cette pensée. Il avait apprécié sa manière de ne jamais prendre sa propre beauté trop au sérieux.

C'était vrai qu'il avait failli se marier à plusieurs reprises. Il n'avait pas *toujours* pensé que le mariage était source de complications. Mais chacune de ses petites amies l'avait instruit à sa façon – dans le mauvais sens. Zara, par exemple : c'était seulement *a posteriori* qu'il avait compris combien ils n'étaient pas faits l'un pour l'autre. Elle était tellement sèche, au sens propre comme au figuré – vivace et stridente comme un moustique, anguleuse et brusque dans ses mouvements… et qu'elle se soit intéressée à un homme pépère comme Micah demeurait un mystère. Mais ils avaient persévéré pendant près de deux ans, dans un appartement mal fichu non loin de son ancien campus. Et puis, un jour, il décrocha leur téléphone et appuya sur « Bis », dans l'intention de poursuivre une discussion houleuse qu'il avait entamée avec Deuce la veille. Sauf que ce n'est pas Deuce qui répondit, mais Charlie Atwick, un ami danseur de Zara, dont Micah reconnut immédiatement la puissante voix de baryton. « Il est parti ? demanda Charlie. Ça y est, je peux venir ? Je suis chaud comme la braise. »

Micah avait raccroché et fixé son reflet sidéré dans le miroir.

Il fut surpris de voir à quel point ça l'affectait, parce que depuis quelque temps il avait pris conscience, quoique confusément, de l'agacement systématique qu'il avait commencé à éprouver en présence de Zara. Pour tout dire, elle était épuisante. Il aurait dû remercier Charlie Atwick de lui avoir donné une raison de tourner la page. Mais se faire jeter d'une façon aussi abrupte, aussi sournoise, par deux femmes de suite ! Ça le dépassait. Pendant des mois, il broya du noir et se renferma sur lui-même, refusant les propositions de ses amis qui voulaient lui présenter d'autres femmes. Il leur expliquait qu'il n'avait pas vraiment la patience pour les rendez-vous, le flirt et tout le tralala. Ça lui demandait trop d'énergie. Même après sa rencontre avec Adèle, il avait encore des réticences. Une petite voix lui disait : « Et ai-je vraiment envie de… de ces *complications* dans ma vie ? » Alors, le jour où Adèle le fit asseoir pour lui expliquer d'une voix navrée qu'elle le quittait pour partir au bout du monde et consacrer sa vie à sauver le loup gris, il en fut presque soulagé. Il était à nouveau libre ! Libéré de toutes ces histoires et de tous ces soucis.

Quant à Cass, eh bien, quand ils s'étaient rencontrés, il avait quarante ans et elle guère moins. Il avait compris qu'ils n'avaient rien à se prouver ; ils étaient adultes, bien installés dans leur vie, et appréciaient leur indépendance. Chaque fois qu'il pensait à leur couple, il se figurait à bord de la Kia avec elle, lui concentré sur sa conduite tandis qu'elle contemplait le paysage par sa vitre tout en fredonnant une petite mélodie.

Et s'il lui avait dit : « Je t'en prie, ne me laisse pas tomber. Prends le temps d'y réfléchir. »

Mais non.

Cass allait sans doute disparaître de son monde, désormais. Loin des yeux, loin du cœur, à tout jamais effacée du tableau, comme Lorna et les autres.

Quoique, en ce qui concernait Lorna, il l'eût tout de même croisée une fois par hasard peu de temps après leur rupture, se souvenait-il. Il l'avait aperçue au loin, pendue au bras d'un garçon et riant ridiculement fort. Plus tard, un ami de Deuce lui avait confié qu'elle semblait « un peu butiner, ces temps-ci » – selon ses termes –, et Micah, perplexe, lui avait demandé : « Butiner ?

— Tu sais, je la vois un coup avec un gars, un coup avec un autre. Et je suis sûr qu'une fois elle était soûle.

— Lorna ne boit pas », avait rétorqué Micah d'un ton catégorique. Quant à ces fameux gars, il ne prit même pas la peine d'argumenter. Donc, elle se rendait à pied quelque part avec un camarade de fac, puis continuait son chemin avec un autre ; et après ? Au moins, elle ne semblait plus fréquenter Larry Esmond, Dieu merci. Ce n'était probablement qu'une passade.

Il retourna à la cuisine et sortit la passoire du placard. Il rinça une tomate sous le robinet ; il rinça deux endives. « Le *on-diif* ! dit-il en soignant son accent français. Le *on-diif* pour le sa-*laade*. »

Mais le cœur n'y était pas.

6

« Comment tu trouves Lily ? » demanda Ada.

Elle appelait au beau milieu du petit déjeuner de Micah. Comme il avait été réveillé dans la nuit par le *plic-ploc* régulier de la pluie sur les feuilles mortes devant sa fenêtre, il avait éteint son radio-réveil et s'était octroyé un peu de sommeil en plus, faisant l'impasse sur son jogging matinal. Il avait dû reposer une tranche de bacon et s'essuyer les doigts avant de décrocher. « Je l'ai trouvée sympa. Mais un peu jeune pour se marier.

— Elle a vingt et un ans, précisa Ada. J'étais plus jeune qu'elle quand je me suis mariée. Mais je vois ce que tu veux dire : elle a quelque chose de… naïf, je dirais. Et comment Joey va-t-il faire pour subvenir à ses besoins ? OK, elle a un travail en ce moment ; mais, l'autre jour, elle parlait d'un rêve qu'elle avait fait : elle essayait de faire entrer de petits jumeaux dans un seul siège auto, et tout le monde sait que rêver de bébés, ça veut dire qu'on en veut.

— Rêver de bébés, ça veut dire qu'on en veut ?

— C'est un signe que t'envoie ton inconscient pour te signaler que tu es prêt à franchir le pas. »

Micah ne répondit pas tout de suite. « Tu sais, dit-il, ça fait des années que tu me répètes que tu aimerais que

Joey se comporte comme un jeune homme responsable. C'est peut-être le coup de pouce dont il a besoin.

— Peut-être, répondit Ada d'un ton dubitatif. Je t'ai dit que c'était le révérend Lowry qui célébrerait le mariage ? C'est notre pasteur à Pillar Baptist. La famille de Lily n'a pas de paroisse et il a dit qu'il serait ravi de s'en charger. Il est venu à la maison hier soir pour parler des vœux, précisa-t-elle avant d'éclater de rire. Il a demandé à Joey : "Est-ce que tu l'aimes ?" Et Joey a réfléchi deux secondes, et puis il a répondu : "Euh, des fois."

— Des fois ! s'exclama Micah.

— Oh, fit Ada gaiement, au final je crois que c'est tout ce qu'un couple peut espérer. Au fait, tu n'aurais pas besoin d'un assistant, par hasard ?

— C'est à peine si j'ai besoin de moi-même. Tu penses à qui ?

— À Joey, voyons. »

Cette question ne méritait aucune réponse, selon Micah.

« À ce propos, il est temps que je m'y mette, dit-il.

— Ah, d'accord. Je ne vais pas te retenir. »

Il raccrocha et prit une autre bouchée de bacon.

À dix heures trente, il sortit devant l'immeuble pour accueillir le menuisier – un homme du nom de Henry Bell qui avait fait de la lutte contre les rongeurs sa spécialité, en condamnant les ouvertures par lesquelles ils pouvaient se faufiler. C'était un homme dégingandé avec une barbe rousse, à peu près du même âge que Micah, et il avait déjà été appelé plus d'une fois (dans le coin, les souris faisaient preuve d'une ingéniosité à toute épreuve). Il salua Micah d'un sourire timide accompagné d'un : « Comment allez-vous, mon ami ?

— Bien », répondit Micah en l'invitant à entrer.

La pluie avait temporairement cessé, mais Henry essuya tout de même ses chaussures de chantier sur le paillasson situé juste dans l'entrée. « Ne me dites pas que cette vermine a trouvé un autre moyen de pénétrer dans la chaufferie ?

— Non, pour l'instant tout va bien de ce côté-là, à ma connaissance. En ce moment, c'est l'appartement 1B qui pose problème. Ils sont dans la cuisine, d'après la locataire.

— Et le dératiseur, il est passé ?

— Oui. Il a demandé de vous dire qu'il avait vu des crottes derrière le réfrigérateur. »

Henry le suivit dans le vestibule, sa caisse à outils cliquetant à chaque pas, et Micah sonna chez Yolanda.

Elle ouvrit en peignoir, ou quelque chose qui y ressemblait – un vêtement long jusqu'aux pieds, avec un imprimé à fleurs et une longue fermeture Éclair sur l'avant. « Bonjour ! dit-elle à Henry. Vous devez être le chasseur de souris !

— En personne.

— Je ne vous imaginais pas si grand ! »

Henry se tourna vers Micah pour lui lancer un regard ironique.

« Il veut jeter un œil derrière votre réfrigérateur, dit Micah à Yolanda. Comme l'ont suggéré les gens de Pest Central.

— Et la cuisinière aussi, ajouta Henry. Elle marche au gaz ou à l'électricité ?

— Au gaz, figurez-vous, dit-elle en coinçant une mèche de ses cheveux derrière son oreille.

— OK, donc elles pourraient entrer par le trou où passe le conduit de gaz dans le mur », expliqua-t-il avant de se diriger vers la cuisine, les deux autres sur les talons.

Il posa sa caisse à outils à l'entrée de la pièce et se baissa pour en sortir une longue et solide lampe torche. Micah et Yolanda, bloqués par la caisse à outils, restèrent dans le couloir et le regardèrent faire tout le tour de la pièce, frappant régulièrement les plinthes du bout de sa torche.

« Hier soir, je regardais la télé et une souris est passée juste devant moi, déclara Yolanda. Je ne suis pas du genre à bondir sur une chaise en hurlant, mais je peux vous dire que j'ai sursauté malgré tout. Voir quelque chose bouger quand on ne s'y attend pas, ça surprend, vous savez ? Quand on l'aperçoit du coin de l'œil. On se fait "Aah !", et puis le cœur s'emballe et on a des frissons dans le cou.

— C'est de l'atavisme, lança Henry par-dessus son épaule.

— Pardon ?

— C'est un réflexe qui remonte au temps des cavernes. »

Yolanda regarda Micah.

Henry finit d'examiner la cuisine et revint sur le seuil. Ils s'écartèrent tous deux pour le laisser passer et continuer son chemin dans le couloir, sa lampe torche se balançant au bout de son bras.

« Vous ne sauriez pas s'il est marié, par hasard ? murmura-t-elle à Micah.

— Aucune idée.

— Hmm. »

Elle fixa Henry d'un air pensif.

« Yolanda, glissa Micah, je peux vous poser une question indiscrète ? »

Le visage de Yolanda s'illumina et elle se tourna vers lui. « Enfin ! Je commençais à désespérer !

— Vos rencontres sur Internet et tout ça. Vos rendez-vous avec tous ces inconnus. Vous songez parfois à laisser tomber ? Vous ne vous en lassez pas, je veux dire ? Pourquoi est-ce que vous persévérez ? »

Elle n'en prit pas ombrage, bien qu'il y eût de quoi. « Il faut croire que je n'apprends pas vite, répondit-elle en laissant échapper un petit rire, avant de retrouver son sérieux. Je crois que je fais ça pour les prémices.

— Les…

— Ce moment où je réfléchis à ce que je vais porter tout en me maquillant, où je me dis que, cette fois, ça va bien se passer. Et, quand ce n'est pas le cas, je me dis : "Bon, au moins cette partie-là était sympa. Ça valait le coup." Il faut savoir se relever et repartir, telle est ma devise.

— D'accord, mais que faites-vous de la nécessité d'apprendre de ses expériences ? De ne pas répéter les mêmes erreurs ?

— En gros, vous me dites d'abandonner la partie. »

Il comprit qu'ils camperaient tous les deux sur leurs positions.

Henry avait manifestement terminé son inspection. Il les rejoignit au bout du couloir et se baissa pour remettre sa torche dans sa caisse à outils. « Il semblerait bien que votre point d'accès soit derrière la cuisinière, expliqua-t-il en se redressant. Je vais clouer un peu de tôle autour du… Au fait, j'ai remarqué que votre dératiseur avait utilisé du beurre de cacahuètes pour ses pièges.

— Il ne faut pas ? demanda Yolanda en le dévorant du regard.

— Moi, je préfère utiliser du tahini.

— Du tahini !

— Avec quelques graines de sésame dessus.

— Des graines de sésame ! Mais je croyais que le tahini, *c'était* du sésame.

— Je vous donne mon avis, vous en faites ce que vous voulez.

— Oui, bien sûr, et c'est tout à fait judicieux ! » dit-elle en chantant presque.

Henry la regarda sans sourciller. « Aucune plainte des autres locataires ? demanda-t-il à Micah.

— Pas encore. Ça ne saurait tarder, bien entendu. Il y en aura à la minute où vous en aurez fini avec cet appartement et où vous serez reparti. »

Philosophe, Henry hocha la tête.

« Bien, je vous laisse, conclut Micah. Vous m'envoyez la facture, comme d'habitude.

— Pas de souci », répondit Henry avant de se pencher à nouveau sur sa caisse à outils pour soulever le compartiment du dessus et chercher quelque chose au fond.

Micah quitta l'appartement sans être raccompagné. C'est à peine si Yolanda remarqua son départ.

À midi, il coupa en morceaux les restes d'un poulet rôti et les mélangea avec du céleri, de la mayonnaise et des câpres. (Il aimait vider son réfrigérateur le week-end.) Tandis qu'il ajoutait les câpres, il repensa à une histoire que lui avait racontée Cass, quand elle avait apporté une salade de thon agrémentée de câpres au pique-nique de rentrée des CM1. « Maîtresse, lui avait dit un élève, j'aime vraiment bien ces petits caprices, là. » En lui rapportant ces paroles, Cass avait imité le petit garçon, prenant une voix fluette et enjouée. Micah avait toujours trouvé ridicule d'imiter les voix des gens.

En réalité, il trouvait encore cette scène ridicule ; mais, malgré cela, il aurait aimé la revivre. Cette fois, il se serait contenté d'admirer la façon dont son nez se fronçait quand elle parlait de quelque chose qui l'amusait. Et cette forme triangulaire que prenaient ses yeux… ce devait être dû au fait que ses pommettes remontaient quand elle riait.

Des caprices ! Quel beau lapsus.

Au milieu de son repas, il reçut l'appel d'une cliente. « Techno Crack », dit-il, et celle-ci répliqua : « Salut ! », sur un ton plein d'entrain et d'optimisme ; elle ne devait pas avoir la trentaine.

« Salut, dit-il.

— Je m'appelle Rosalie Hayes. C'est vous, le crack ?

— Oui, c'est moi.

— Bon, il m'arrive un truc super bizarre. Je vis dans la maison de ma grand-mère, vous voyez ?

— D'accord…

— En fait, c'est ma maison, maintenant, parce qu'elle me l'a léguée, mais je viens juste d'emménager. Elle est morte en septembre, un AVC.

— Je suis désolé de l'apprendre, dit Micah en se resservant une cuillerée de salade de poulet.

— Et donc elle était bien équipée, question technologie. Ordinateur, imprimante, téléphone portable… et même un iPod ! Un vrai iPod Classic.

— Vous avez de la chance.

— Mais pas un seul mot de passe.

— Pas de mot de passe ?

— Non, enfin, je ne les connais pas. J'espérais qu'elle avait un genre d'antisèche quelque part, mais je n'ai rien trouvé. Juste un Post-it sous son modem avec le mot de passe pour Internet. Mais impossible de mettre la main sur celui de son ordinateur. Et c'est un bel ordinateur, quasiment neuf. Il me servirait vraiment. J'ai bien essayé d'appeler le fabricant, mais ils m'ont dit qu'ils ne pouvaient pas m'aider.

— Non, en effet.

— Donc je me demandais si vous seriez d'accord pour venir à la maison et voir ce que vous pouvez faire.

— Moi ?

— Vous avez une astuce, c'est obligé.

— Je crains que non.

— Rien ? Vous ne pouvez rien faire du tout ?

— Eh non.

— Oh, la tuile.

— Quel est le mot de passe pour Internet ?

— Quoi ?

— Vous avez dit que vous aviez trouvé son mot de passe pour Internet : c'est quoi ?

— Euh, Mildred63. Mildred, c'était son prénom et soixante-trois, l'année où elle a épousé papi, je crois.

— Essayez ce code sur l'ordinateur.

— C'est déjà fait. Et j'ai aussi essayé toutes les variantes possibles. Rien ne marche. Mais vous voyez ? J'étais sûre que vous connaissiez des astuces !

— Pas plus que vous. Vous vous êtes débrouillée sans moi.

— L'iPod, lui, n'est pas protégé par un mot de passe, dit-elle d'une voix soudain charmeuse, comme si elle était fière de lui annoncer cette nouvelle. J'arrive à utiliser l'iPod !

— Tant mieux.

— Mais je ne peux pas changer les chansons qui sont dedans parce qu'elles sont synchronisées avec son ordinateur. Et c'est de la soupe, cette musique…

— Oh, l'horreur.

— Comme vous dites. De la musique d'ascenseur. Le genre qu'on entend chez le dentiste.

— Je compatis.

— Alors, vous ne pourriez pas venir à la maison et voir ce que vous pouvez faire ? Je me doute que vous facturez le déplacement. J'ai conscience que je vous devrai quelque chose même si vous ne réussissez pas à trouver ses mots de passe.

— Je vous assure que je ne peux pas les trouver. Et son tapis de souris ? ajouta-t-il.

— Ben quoi ?

— Un Post-it collé sous le tapis de souris.

— J'ai vérifié.

— Sous l'imprimante ? Sous un tiroir ? Sous la pile de papiers dans la corbeille à courrier ?

— J'ai tout vérifié.

— Alors elle a dû utiliser une appli de gestion de mots de passe. Si c'est le cas, c'est peine perdue.

— Mais, pour accéder à son appli, elle avait besoin d'un mot de passe d'ordinateur, non ?

— Pas si elle était sûre de pouvoir s'en souvenir.

— Vous rigolez ? Elle était hyper vieille. Elle écrivait l'adresse sur le dos de sa main chaque fois qu'elle devait aller quelque part en voiture.

— Ah.

— Alors, vous venez ? S'il vous plaît ? Vous prenez combien juste pour le déplacement ? demanda-t-elle en reprenant un ton enjôleur.

— Quatre-vingts dollars.

— Quatre-vingts, ça va, je peux les sortir.

— Quatre-vingts dollars juste pour mettre les pieds dans votre maison, sans aucune garantie de succès. Ou, plutôt, avec la quasi-garantie d'un échec.

— Pas de problème, je suis gestionnaire de crédit.

— Vous êtes gestionnaire de crédit ?

— Chez First Unified Bank. J'ai une tonne d'argent à ma disposition.

— Vous m'en direz tant.

— Si besoin, je peux en détourner. »

Cette remarque le dérida enfin. « Vous habitez loin ?

— À Guilford.

— Bien, dit-il. Je vous aurai prévenue.

— Je sais, je sais ! Message reçu. Vous allez échouer lamentablement, et moi je ravalerai ma déception et je vous filerai quatre-vingts dollars en liquide. »

Il rit de nouveau et dit : « Bon, d'accord. C'est vous qui voyez. »

Elle habitait dans une maison en briques de style colonial avec un couloir central et des rideaux de velours bordeaux aux fenêtres du rez-de-chaussée, typique d'une personne âgée, mais c'était une jeune fille blonde, mince et vêtue d'un jean et d'un col roulé en laine. Une queue-de-cheval jaillissait à la verticale du sommet de son crâne, évoquant à Micah la rosette d'un ananas, et le coin de ses lèvres remontait naturellement comme si elle était née avec ce sourire. « Ah, voilà le crack ! lança-t-elle gaiement.

— Micah Mortimer.

— Salut, Micah. Moi, c'est Rosalie. Venez que je vous montre la bête. »

Il se débarrassa de son ciré – la pluie tombait toujours – et le plia côté sec vers l'extérieur avant de suivre la jeune fille dans le couloir. Un tapis persan, du papier peint floqué bordeaux, une majestueuse horloge de parquet au lent tic-tac. Ils gravirent le large escalier, lui-même recouvert d'un tapis persan fixé par des tringles cuivrées qui émettaient un tintement métallique. Sur le palier, ils tournèrent à gauche et traversèrent ce qui semblait être la chambre principale. Juste après cette pièce, dans un coin d'un jardin d'hiver entièrement vitré, un gigantesque ordinateur fixe trônait sur un imposant bureau. « Elle était bien équipée, en effet, murmura Micah.

— Mamie ne prenait que le top du top. »

Elle s'avança jusqu'à l'ordinateur en s'attendant certainement à ce que Micah la suive, mais il se tourna vers un bureau de plus petite taille à l'autre bout du jardin d'hiver. Celui-ci avait quelque chose de plus raffiné, avec un sous-main bordé de cuir vert et une multitude de minuscules tiroirs. Il posa son ciré et sa sacoche sur l'assise de la chaise, puis souleva le sous-main, révélant quelques bouts de papier cachés là. « Je sais, dit Rosalie en le rejoignant. Ça a l'air prometteur, hein ? Mais c'est juste des cartes de visite, des numéros de téléphone… » Elle prit un reçu vert pâle et l'examina. « Il va falloir que j'aille chercher son pressing un de ces quatre, j'imagine.

— Vous saviez que vous alliez hériter de tout ça ?

— Pas du tout. C'est vrai qu'elle n'avait pas d'autre petit-enfant, mais je pensais qu'elle léguerait tout à mon père. Au lieu de ça, on me dit : “Voilà pour toi, Rosalie : la maison, tout le mobilier et de l'argenterie en veux-tu en voilà. Les casseroles et les poêles dans la cuisine, la porcelaine dans le buffet.” Et moi qui louais un studio minable ! Je n'avais que des trucs d'occasion ! Maintenant, j'ai un appareil à fondue avec des fourchettes spéciales de toutes les couleurs.

— C'est comme une bombe à neutrons, dit Micah en pensant tout haut.

— Une quoi ?

— Une bombe qui anéantit tous les humains, mais garde les bâtiments intacts. Parfois, j'imagine ce que ça ferait. D'entrer dans une maison et de se dire : "Ben, ça alors, quelqu'un a laissé sa sono professionnelle. Et sa collection de vinyles. Et son écran de télé plasma ou je ne sais quoi." Ce serait une assez bonne surprise, mais, petit à petit, on se rendrait compte qu'il n'y a plus personne pour en profiter avec nous. On serait complètement seul, et ce ne serait pas si sympa, finalement.

— Oui, enfin, je ne peux pas dire que je sois toute seule. Il y a au moins une dizaine de vieilles dames dans le quartier qui m'apportent des petits plats faits maison. »

Micah était en train de poser ses affaires par terre pour libérer la chaise. Il s'assit et ouvrit l'un des tiroirs du bureau. « Je peux y jeter un œil ? demanda-t-il un peu tard.

— Faites comme chez vous », répondit-elle en désignant le meuble d'un geste de la main.

Le tiroir contenait des timbres postaux, une agrafeuse et des élastiques dans un sachet transparent. Il le referma et en ouvrit un autre.

« Je me disais que vous pourriez par exemple fouiller dans les entrailles de l'ordinateur, dit Rosalie. Appuyer sur un bouton caché ou actionner un levier secret.

— Je vous avais prévenue », lui rappela Micah en feuilletant un agenda – du genre de ceux qu'on trouve dans les boutiques des musées, avec une reproduction de peinture sur chaque page de gauche et, sur celle de droite, le mois découpé en cases. Elles étaient toutes vides.

« C'est juste que j'ai du mal à croire que les fabricants d'ordinateurs fassent autant confiance au pékin moyen. Ils ne savent pas que les gens oublient des trucs ? Qu'ils en perdent ? Qu'ils ne notent pas toujours les choses à retenir ? Comment est-ce qu'ils peuvent dire : "OK, les gars, voici un ordinateur à mille dollars qui ne vous servira absolument à rien si par malheur vous égarez votre mot de passe" ?

— Je dirais plutôt cinq mille dollars », dit Micah d'un air absent. Il examinait l'intérieur d'une boîte à moitié vide, à l'exception de cartes de Noël traditionnelles comme en produisait Currier & Ives. Il en souleva plusieurs et tomba sur un mini-carnet à spirale dont la couverture représentait un bonhomme de neige coiffé d'un haut-de-forme sous lequel on pouvait lire en lettres d'or tracées dans une écriture script sophistiquée : *Cartes de Noël reçues et envoyées*. De minuscules onglets sur lesquels figuraient les lettres de l'alphabet ornaient le bord droit du carnet. Il l'ouvrit à un onglet au hasard et lut à voix haute : « George et Laura Internet, Mildred63.

— Oh, oh ! » s'exclama Rosalie.

Il passa à la lettre O. « Judy Ordinateur, 1963mch.

— Vous êtes un génie ! »

Il lui tendit le carnet. « C'est rien, on apprend ça dans les écoles d'informaticiens.

— Ah bon ?

— Je plaisante. » Il se baissa pour ouvrir sa sacoche et en sortit son bloc de factures.

Rosalie feuilletait les pages du petit carnet. « "Dan et Jean Coffre-Fort, trois fois à gauche jusqu'à quarante-quatre, deux fois à droite jusqu'à…" Je ne savais même pas qu'elle avait un coffre-fort ! Je me demande où il est.

— Je parie que vous allez continuer à faire des découvertes pendant des mois, dit Micah en rédigeant sa note. Ça va être Noël tous les jours.

— Oh, Micah, je ne sais pas comment vous remercier. Je n'arrive pas à croire que vous ayez réussi ! »

Il détacha son exemplaire et le lui tendit. Puis il referma sa sacoche et se leva. « Bon, amusez-vous bien avec Judy Ordinateur.

— Oh, comptez sur moi ! » répondit Rosalie avant de le suivre hors du jardin d'hiver, puis dans la chambre. Ce n'était clairement pas la chambre d'une jeune femme, avec ce lit à baldaquin et sa couverture blanc cassé en dentelle, ou peut-être au crochet, sous une sombre peinture à l'huile figurant un enfant qui priait à genoux.

« Donc, en principe, dit Micah en marquant une pause pour parcourir la pièce des yeux, vous n'aurez plus rien à acheter de votre vie, à part de quoi vous nourrir. Vous avez même une nouvelle garde-robe. Si vous avez froid, vous n'avez qu'à fouiller dans la commode pour trouver un sweat-shirt.

— Oui, en principe », répondit Rosalie, puis elle se mit à rire, se retourna et ouvrit un tiroir de la commode en question. Elle en sortit un soutien-gorge gigantesque – une chose gris-rose avec de prodigieux bonnets coniques, qui ressemblait davantage à un élément d'armure qu'à un sous-vêtement. Elle le brandit devant elle en le tenant par les deux bretelles. Même dans son épais col roulé, elle paraissait ridiculement petite en comparaison. « Tadam ! » lança-t-elle, puis elle effectua une petite danse de farfadet sur le tapis. Micah ne put s'empêcher de sourire.

De retour dans le vestibule du rez-de-chaussée, elle s'enfonça dans le placard à manteaux et en émergea avec un sac à main. « Et ce sac ? demanda-t-il après avoir rangé les billets qu'elle lui avait donnés.

— Eh ben, quoi ?

— Il est à vous ou à votre grand-mère ?

— Oh, il est à moi. »

Il s'en doutait, bien sûr. C'était un petit sac élégant, composé de morceaux de vinyle multicolores cousus ensemble.

« Vous savez où j'habite, maintenant », lui dit-elle quand ils furent sur le perron.

Décontenancé, il regarda le numéro inscrit sur la façade de la maison.

« Et vous avez mon numéro dans votre téléphone, si jamais ça vous dit qu'on se voie.

— Euh. Oui, d'accord. À une prochaine. »

Puis il enfila son ciré d'un mouvement d'épaules, rejoignit l'allée qui menait à la rue et s'en alla.

La pluie tombait par intermittence, ce qui l'obligeait à régler sans cesse ses essuie-glaces, et la circulation était ralentie. Il mit deux fois plus de temps que prévu pour rentrer chez lui. Quand il arriva enfin, il enleva le panneau magnétique du toit en sortant de sa voiture. Si un client appelait à partir de maintenant, il devrait attendre jusqu'à lundi.

Dans la cuisine, il posa son panneau magnétique et sa sacoche par terre, et suspendit son ciré à la poignée de porte. Il ouvrit le réfrigérateur, regarda fixement à l'intérieur, pour finalement le refermer. Il était trop tôt pour boire une bière. Trop tard pour reprendre un café. Il n'avait envie de rien, à vrai dire ; il aurait juste *aimé* avoir envie de quelque chose. En réalité, il se demandait à présent pourquoi il avait été tellement pressé de rentrer chez lui.

Il alla dans sa chambre, où il jeta son portefeuille et ses clés dans la coupe sur la commode. Un peu machinalement, il ouvrit le premier tiroir de droite et contempla son contenu. Chemise de nuit, brosse à cheveux…

Il referma le tiroir et resta un moment à réfléchir. Puis il sortit son téléphone de sa poche et rechercha CASSIA SLADE dans sa liste de numéros favoris.

« Allô ? dit-elle d'un ton interrogateur, ce qui n'était pas bon signe *a priori*, puisqu'elle savait certainement qui appelait.

— Salut, dit-il d'une voix hésitante.

— Hé, salut ! »

Il fut soulagé. Mais, comme un idiot, il répéta : « Salut.

— Comment vas-tu ? demanda-t-elle.

— Ça peut aller, dit-il avant de se racler la gorge. Je songeais à te rapporter tes affaires. Celles que tu as laissées dans ma commode.

— Ah.

— Je tombe mal ?

— Non, non…

— Si tu préfères, je peux te les envoyer par la poste.

— Non, tu peux les apporter.

— D'accord, dit-il avec un pincement au cœur. Maintenant ?

— Ça me va.

— À moins que tu ne préfères être prévenue plus tôt ?

— J'ai dit que ça *m'allait*, répliqua-t-elle sur un ton dans lequel il crut déceler une pointe d'exaspération.

— OK, s'empressa-t-il de dire. J'arrive dans quelques minutes.

— C'est ça. »

Il raccrocha et se lança un regard noir dans le miroir au-dessus de la commode. Il se passa la main sur le visage, l'étirant et le déformant. Puis il reprit son portefeuille et ses clés dans la coupe et alla dans la cuisine chercher un sac en papier.

Dans la rue de Cass, de nombreuses voitures étaient garées au bord des trottoirs. Tous ses voisins devaient être chez eux pour le week-end, à l'abri de la pluie. Mais il trouva une place un peu plus bas dans la rue. Il rangea ses lunettes et releva la capuche de son ciré, puis attrapa le sac sur la banquette arrière et se dirigea vers la maison de Cass d'un pas vif, plissant les lèvres comme s'il sifflait une mélodie, bien que ce ne fût pas le cas. (Sait-on jamais, elle regardait peut-être par la fenêtre.)

Le vase de gypsophiles séchées posé sur la console dégageait toujours la même odeur de moisi. Les craquements de l'escalier sous ses pas lui rappelaient toutes ces fois où il était descendu sur la pointe des pieds dans l'espoir de ne pas être intercepté par Mrs Rao, de l'appartement du rez-de-chaussée ; elle aimait sauter sur les gens et leur tenir la jambe. Il atteignit le palier et fit passer son sac dans sa main gauche pour pouvoir frapper à la porte de Cass.

Quand elle ouvrit, elle avait un arrosoir à la main. Elle portait un pantalon de velours côtelé et une chemise d'homme blanche, sa tenue de week-end habituelle. Micah repensa à tous ces week-ends qu'ils avaient passés à paresser sur le canapé au milieu d'un fatras de journaux, à cuisiner ensemble ou à regarder des séries sur Netflix. Mais Cass avait une mine peu engageante. Elle semblait avoir hâte d'en finir. « Salut », lança Micah. Mais, comme elle ne répondait pas, il dit : « Tiens ! », et il lui mit le sac dans les bras.

Elle l'accepta en disant : « Merci. Ce n'était pas la peine de me les rapporter.

— Non, mais j'y tenais. Enfin…

— Oui, je vois. Ça peut servir, un tiroir en plus, dit-elle en jetant un coup d'œil à l'intérieur du sac. J'aurais dû penser à prendre tout ça quand je suis partie.

— Comment aurais-tu pu y penser ?

— Je ne te suis pas.

— Je veux dire, au moment de partir, tu ne savais pas que tu ne reviendrais pas, si ? Ou alors... Tu le savais, en fait ?

— Quoi ? Non, bien sûr que non !

— Parce que moi, je trouvais qu'on passait une très bonne soirée. »

Sa voix résonnait quelque peu sur ce palier. Il craignait que Mrs Rao ne l'entende et aurait aimé que Cass le fasse entrer. Mais elle resta là, le sac de vêtements dans une main, l'arrosoir dans l'autre. « Corrige-moi si je me trompe, dit-elle. On parle bien de la soirée où tu m'as suggéré d'aller vivre dans ma voiture ? »

Micah sentit son visage s'empourprer.

« C'était une blague. Elle était stupide, je m'en aperçois maintenant. Je te dois des excuses. Je sais que ces histoires d'appartement te stressaient. Je n'aurais pas dû te taquiner. »

Demander pardon n'avait jamais été son fort, Cass le savait sûrement. Il retint sa respiration et attendit que son expression s'adoucisse.

Mais en vain. Au lieu de cela, elle dit : « Non, tu avais raison, Micah. Je crois que j'essayais vraiment de changer les règles, comme tu l'as dit. Ça n'était pas très malin de ma part.

— Non, mais ce n'est pas grave ! »

Puis, cette fois, elle prit une autre expression. Il n'aurait su vraiment l'expliquer, mais il sentit comme une variation dans l'atmosphère de ce palier. « Merci encore de m'avoir apporté mes affaires, dit-elle. Au revoir. »

Sur ces paroles, elle recula dans son appartement et lui ferma la porte au nez.

Micah resta figé une bonne minute. Il lui fallut tout ce temps pour recouvrer ses esprits. Puis il finit par faire volte-face et redescendit l'escalier.

Avant de sortir, il détacha la clé de Cass de son trousseau et la laissa sur la console. Il n'en aurait plus l'usage.

Sur la Northern Parkway, la voie de droite était fermée. De nombreux camions de la voirie étaient garés au bord du terre-plein central, si bien que les automobilistes devaient se faufiler les uns derrière les autres dans la seule voie encore ouverte. Micah freina et attendit, assis au volant, regardant droit devant lui par-delà le va-et-vient de ses essuie-glaces. L'attente était si longue que, quand son téléphone lui indiqua qu'il avait reçu un texto, il décida de prendre le risque de le consulter. Qui sait ? Ce pouvait être Cass. (*Reviens !* avait-elle peut-être écrit. *Je ne sais pas ce qui m'a pris de me comporter comme ça.*) Sans quitter le pare-brise des yeux, il sortit son téléphone de sa poche et appuya avec le pouce sur le bouton d'accueil. Puis il regarda rapidement l'écran.

Mais ce n'était que Rosalie. *Devinez ce que j'ai trouvé dans le coffre-fort 3 montres et la broche la plus moche du monde un paon en émeraudes. L'ÉCLATE !*

Il se concentra de nouveau sur le pare-brise.

« As-tu déjà fait des courses avec ta mère quand tu étais enfant ? » Si seulement il avait eu quelqu'un à qui poser cette question. (Rosalie ? Cass ?) « T'est-il arrivé de marcher avec elle sur un trottoir grouillant de monde, à l'époque où tu étais si petite que tout ce que tu voyais en marchant, c'étaient ses pieds et l'ourlet de son manteau ? Quand soudain – comment était-ce possible ? – tu as levé le nez et découvert avec horreur que ce n'était pas ta mère, mais une tout autre personne qui n'avait pas la même couleur de cheveux qu'elle. Ce n'était pas *du tout* celle que tu aurais voulu voir ! »

C'est pourquoi, quand il put enfin avancer de quelques mètres, il remit son téléphone dans sa poche, leva son pied de la pédale de frein et ne répondit jamais à Rosalie.

7

Le dimanche matin, la pluie avait cessé, mais le ciel restait grisâtre et le fond de l'air était frais et humide. Micah mit un jean plutôt qu'un short pour faire son jogging et, même ainsi vêtu, il ne transpira pas – pas quand il fallait sans cesse contourner des flaques et ralentir pour passer des portions de trottoir couvertes de feuilles mouillées. Il fit donc l'impasse sur sa douche en rentrant chez lui et, comme c'était son jour de congé, il ne se rasa pas non plus et prit tout son temps pour son petit déjeuner. Mais, après cela, il ne vit pas d'autre petit plaisir à s'accorder. Regarder la télévision ? Il n'y avait que des talk-shows. Lire un livre ? Il avait déjà lu tous ceux de sa bibliothèque. Il commença à jouer au solitaire, mais, au milieu de la partie, il posa brutalement son téléphone face contre le canapé. Il alla dans son bureau pour travailler sur son manuel, mais même la préface semblait inexploitable. « Bien, vous vous êtes donc payé un ordinateur », disait la première phrase. Le ton décontracté et le langage familier lui parurent soudain artificiels – franchement embarrassants, pour tout dire.

Il décida de se rendre à pied à la bibliothèque pour choisir un livre à lire. D'ordinaire, il aurait emporté le livre qu'il avait précédemment emprunté pour le restituer, mais il ne parvint ni à le trouver ni même à se souvenir du titre ; c'est dire s'il avait tardé à se remettre à la lecture. Il fallait se rendre à l'évidence : c'était un tire-au-flanc.

Il se mit en route malgré tout, en passant par le sous-sol, puis par l'escalier du vestibule. Mais, quand il gravit les dernières marches qui menaient au perron, il trouva une ambulance garée contre le trottoir. Tous ses gyrophares clignotaient, ses portes arrière étaient grandes ouvertes et deux ambulanciers chargeaient une civière sur laquelle était étendue Luella Carter, le bas du visage recouvert d'une sorte de masque. Donnie Carter lui tapotait une cheville en lui demandant : « Ça va, ma chérie ? Ça va ? » Un petit garçon du quartier observait les boutons du tableau de bord de l'ambulance à travers la fenêtre côté passager.

Micah s'approcha de Donnie et lui demanda : « Qu'est-ce qui se passe ?

— Son état s'est aggravé. » Donnie était petit et sec – plus petit que Luella –, et, depuis que sa femme était malade, il paraissait davantage décharné et livide. « J'aurais p't'êt bien pu l'emmener moi-même, mais j'avais peur qu'elle ne fasse un genre d'attaque, et je nous aurais tous les deux flanqués dans un fossé.

— Vous avez besoin que je vous conduise à l'hôpital ?

— Non, je vais me débrouiller. Mais merci. C'est gentil de proposer. »

Ils reculèrent et regardèrent les ambulanciers fermer brusquement les portes. Luella n'avait pas dit un mot – le masque l'en empêchait probablement –, mais quelque chose dans la manière dont ses mains étaient croisées sur sa poitrine suggérait qu'elle était au moins consciente. « Bon, fit Micah. Dites-moi si vous avez besoin de quoi que ce soit, d'accord ?

— J'y manquerai pas. Merci encore. » Donnie lui tourna le dos et se dirigea vers le parking.

L'ambulance s'éloigna du trottoir, gyrophares toujours allumés, mais sans la sirène, ce que Micah jugea rassurant. Le petit voisin la regarda partir avec regret et ne bougea pas jusqu'à ce qu'elle disparaisse au coin de la rue. Ce fut alors que Micah aperçut Brink près de la friperie, en train d'observer la scène lui aussi.

La boutique (qui n'avait pas véritablement de nom ni d'enseigne, excepté un carton de chemise sur lequel était griffonné « FRIPES » accroché sur la vitrine) installait toujours une table d'articles en promotion à l'extérieur le week-end. Brink se tenait à côté de cette table, un sac de provisions en plastique bleu à la main. Il fixait Micah, mais sans lui adresser un sourire ni un mot.

« Brink ?

— Salut.

— Qu'est-ce que tu fais ici ? demanda Micah en haussant un peu la voix, car une dizaine de mètres les séparait.

— Ben…, fit Brink en levant son sac plastique qui contenait comme du tissu roulé en boule. Il me fallait des vêtements de rechange. »

Sa chemise blanche était effectivement terne et froissée désormais, et le col relevé ne tenait plus aussi droit sur la nuque. Même son blazer en velours côtelé était défraîchi.

« Tu as porté cette tenue toute la semaine ? » demanda Micah.

Pourquoi avait-il posé cette question ? C'était le cadet de ses soucis. Mais Brink lui répondit sérieusement : « Je me suis acheté ça, dit-il en plongeant la main dans le sac pour en tirer un haut à manches longues vert sapin avec le mot « ADULTE » écrit en grosses lettres blanches sur le torse.

— Adulte ?

— Il me fallait un truc à manches longues. »

Il fourra de nouveau le haut dans le sac. Il ne s'était toujours pas approché et Micah – aussi circonspect que si Brink avait été un animal farouche – n'avança guère plus, mais lança un regard de côté et proposa : « Je t'offre un café à la maison ?

— Avec plaisir », répondit Brink.

Et – pas si farouche que cela – il rejoignit enfin Micah en balançant son sac plastique au bout de son bras.

Micah se sentit galvanisé – comme s'il était soudain investi d'une mission. Il ouvrit la marche pour regagner l'immeuble, tout en réfléchissant déjà à la manière dont il allait prévenir Lorna sans éveiller les soupçons de Brink. Mais pas seulement : il devait trouver un moyen de le retenir jusqu'à ce qu'elle arrive. Il fit signe à Brink de passer devant lui pour descendre l'escalier, au cas où il lui prendrait l'envie de faire demi-tour et de filer, et il se mit à déblatérer pour faire diversion. « C'était Luella Carter, dans l'ambulance. Une de nos locataires. Elle a un cancer.

— Ah ouais ?

— Ouais, et j'ai bien proposé à son mari de l'accompagner à l'hôpital, mais il m'a répondu… »

Ils avaient désormais traversé la buanderie et la chaufferie. Micah repassa devant pour ouvrir sa porte d'entrée. Brink profita de ce moment de répit pour regarder de nouveau dans son sac de courses. « J'ai aussi cherché des boxers, mais je n'en ai pas vu.

— Oui, je doute que… »

Quelque chose dans son salon parut trop révélateur à Micah. Le désœuvrement et l'ennui qu'il avait ressentis plus tôt flottaient dans l'air comme une odeur de cuisine résiduelle. Mais Brink, qui ôtait son blazer, ne sembla pas le remarquer. Il le jeta sur la chaise la plus proche en entrant avec Micah dans la cuisine et posa son sac de courses sur la table pour défaire les deux premiers boutons de sa chemise et l'enlever par la tête d'un coup sec. « J'ai envie de la *brûler*, cette chemise », dit-il à Micah. Il sortit son nouveau haut du sac et l'enfila, se bagarrant pour passer la tête par le col, puis lissa les manches d'un air satisfait.

« Vous aimez ? demanda-t-il.

— Ça te va bien. »

Micah commença à remplir le percolateur dans l'évier.

« Là où je loge, ils ne vendent pas de vêtements, genre pas du tout. Ni neufs ni d'occasion. Juste de l'alcool et des cigarettes, en gros. Et de l'essence pour la voiture. Des sodas. Des tickets de loto. Des chips goût crabe.

— Et c'est où ?

— Quoi ?

— Où est-ce que tu loges ?

— El Hamid ? El Hajib ? El *quelque chose*, je ne sais plus.

— C'est un hôtel ?

— Plutôt un motel. Et encore. Sur l'enseigne, il y a marqué "STYLE EUROPÉEN", mais ça veut surtout dire qu'il n'y a qu'une salle de bains par étage. C'est super loin du centre-ville. Genre, sur la route de Washington.

— Mais alors..., dit Micah, qui marchait sur des œufs. Mais alors, comment tu fais pour venir en ville ?

— Oh, je prends le taxi.

— Tu prends le taxi. »

Micah secoua la tête. Il mit quelques cuillerées de café moulu dans le filtre du percolateur.

« Ben, c'est pas comme si je pouvais commander un Uber. On pourrait me retrouver en vérifiant les opérations sur ma carte bancaire. »

Un adulte, songea Micah. Tu parles. « Tu as cherché du travail ?

— Du travail ? »

Micah brancha le percolateur, puis se tourna face à Brink. « Écoute, dit-il. Voilà ce que je vais faire. Je vais appeler ta mère pour qu'elle vienne te chercher.

— Non ! » protesta Brink.

Mais un immense soulagement se lut brièvement sur son visage.

« Tu ne veux pas qu'elle continue à se faire du mauvais sang, hein ? dit Micah. (Oui, il savait être diplomate lorsque la situation l'exigeait.) Elle est morte d'inquiétude !

— Elle a dit ça ?

— Inutile. Ça se voyait. »

Brink l'étudia.

À cette distance, Micah vit le duvet noir qui poussait au-dessus de sa lèvre supérieure – un poil par-ci, un autre par-là, l'ombre d'une moustache clairsemée que l'on voit chez les garçons trop jeunes pour avoir besoin de se raser tous les jours, mais à qui cela ne ferait pourtant pas de mal. Et la peau sous ses yeux avait pris une couleur terreuse, comme s'il manquait de sommeil.

N'écoutant que son courage, Micah sortit son téléphone de sa poche et composa le numéro de Lorna.

Elle répondit avant qu'il ait eu le temps d'entendre une sonnerie, lui donnant l'impression qu'elle ne lâchait plus son téléphone dans l'attente de son coup de fil. « Micah ? dit-elle.

— Salut, Lorna. Je te passe Brink. »

Sans attendre sa réaction, il tendit son téléphone à Brink. Mais ce dernier recula en croisant et décroisant les bras devant lui à toute vitesse. « Non, articula-t-il sans émettre de son. Non. »

Micah remit le téléphone contre son oreille. « À la réflexion, ce n'est peut-être pas une bonne idée, dit-il à Lorna.

— Quoi ? Mais il est avec toi, non ? Il est chez toi ?

— Oui.

— Et il va bien ?

— Oui, oui.

— Empêche-le de partir. J'arrive. » Et elle raccrocha.

Micah remit le téléphone dans sa poche. « Tu t'y prends bien pour la rassurer, dit-il à Brink.

— Qu'est-ce qu'elle a dit ?

— Si tu voulais le savoir, il fallait lui parler toi-même.

— Elle a demandé comment j'allais ? Elle était remontée contre moi ? Dites-moi exactement ce qu'elle a dit. »

Micah leva les yeux au ciel.

« Quoi ? Et mon père, il était avec elle ? Vous l'avez entendu ?

— Tout ce que je peux te dire, c'est qu'elle veut que je t'empêche de partir le temps qu'elle arrive.

— Elle vient ici tout de suite ?

— C'est ce qu'elle m'a dit.

— Elle avait l'air furax ?

— Je n'en sais rien, Brink, OK ? Elle était surtout inquiète pour toi, si tu veux mon avis.

— Ouais, c'est ça.

— Tu ne me crois pas ?

— Tout le monde croit qu'elle est hyper compréhensive et compatissante… mais en fait elle est vachement dans le jugement ; vous pouvez me croire sur parole. »

Cette révélation ne surprit pas Micah. Il se remémora soudain l'époque où Lorna lui faisait la leçon au sujet de sa consommation de bière ; il se souvenait de son air concerné, de la façon dont elle semblait se délecter de ses propres paroles quand elle lui disait : « Ma foi m'interdit de rester là à te regarder détruire ta vie, Micah. » Il ressentait une pointe de jalousie chaque fois qu'il l'entendait dire « ma foi ». Il se mit à la place de Brink l'espace d'un instant. Mais celui-ci demanda : « Pourquoi tout le monde me critique tout le temps ?

— C'est un mystère, en effet.

— Mes parents, mon grand-père, même mon abruti d'entraîneur de lacrosse ! »

Micah prit deux tasses suspendues à des crochets. « Est-ce que c'est à cause de ton entraîneur de lacrosse que tu as quitté l'université ?

— Quoi ? Non, je parle du lycée.

— Alors, pourquoi est-ce que tu as quitté l'université ? demanda Micah sans se retourner pour ne pas paraître trop intéressé.

— J'en avais envie, ça vous va ? »

Micah mit le sucrier sur la table.

Brink regardait son téléphone, à présent. Il semblait déçu par ce qu'il y voyait. « J'ai dû acheter un chargeur pourri chez Rite Aid, dit-il en rangeant le téléphone dans sa poche. Il met au moins trois fois plus de temps à charger qu'un câble normal. »

Micah émit un claquement de langue.

Le percolateur produisit ses derniers gargouillis. Dès que ce fut terminé, Micah remplit les deux tasses et en tendit une à Brink. « Merci, dit celui-ci avant de l'emporter à table et d'y ajouter une cuillerée de sucre, toujours debout. Ça vous dérange si je regarde la télé ?

— Fais comme chez toi. »

C'était un moyen comme un autre de le retenir en attendant l'arrivée de Lorna, jugea-t-il tandis que Brink s'éloignait. Mais qui espérait-il tromper, ce gamin ? Il aurait tout fait pour qu'on le retienne. ADULTE ou pas, il n'était absolument pas armé pour se débrouiller seul.

Le son de la télévision monta du bureau – tout d'abord une succession de voix mûres conversant avec le plus grand sérieux, qui laissèrent soudain place à une musique entraînante du genre de celles qu'on entend dans les dessins animés. Micah commença à mettre de l'ordre dans la cuisine, s'interrompant de temps à autre pour boire une gorgée de café. Quand il eut fini, il alla dans son bureau, où il trouva Brink non pas sur le canapé, contrairement à ce qu'il pensait, mais debout près de l'ordinateur, en train de feuilleter *Règle numéro un : branchez-vous*, pendant qu'à la télévision deux enfants parlaient de céréales de petit déjeuner. « C'est vous qui avez écrit ça ? demanda Brink en levant le manuel.

— Ouaip.

— Et il y a beaucoup de gens qui l'achètent ?

— Il y en a, oui. »

Brink ferma le livre et en examina la couverture. « Vous vous y connaissez en jeux vidéo ?

— Pas vraiment.

— Vous y jouez, au moins ?

— Je n'aime pas quand ça grouille de partout sur l'écran. Quand il y a des choses qui sortent de nulle part et qui foncent vers moi. Qui surgissent de façon aléatoire. Sans logique.

— Ah bon, dit Brink songeur, comme un médecin évaluant les symptômes d'un patient.

— Mais j'aimais bien Tetris, dans le temps.

— Tetris !

— Tu sais, le jeu où tu dois aligner des briques, là, pour…

— Oui, je connais quand même. C'est juste que c'est hyper ringard. Perso, je n'appellerais même pas ça un jeu vidéo.

— Oh, mais, un jour, ton Fortnite et tous ces trucs que tu trouves géniaux seront ringards, eux aussi. En fait, un jour, on n'aura plus de jeux vidéo *du tout*. On n'aura même plus d'ordinateurs. Ils auront tous été piratés et on reviendra au bon vieux courrier postal, on retournera faire nos courses dans de vrais magasins et le monde recommencera à tourner à une vitesse raisonnable.

— N'importe quoi.

— Tu vois, c'est aussi bien que je ne sois pas ton vrai père.

— Oui, parce que mon faux père *adore* les jeux vidéo.

— Ah bon ?

— C'était une blague.

— Ah », fit Micah, un peu surpris de constater que Brink savait faire de l'humour.

Il consulta sa montre. Onze heures vingt. À quelle heure avait-il appelé Lorna ? Onze heures ? Plus tard ?

Une chose était sûre, le temps passait lentement.

Il s'assit sur le bord du canapé et regarda la télévision. Brink faisait désormais le tour des chaînes, télécommande en main. Il s'attarda quelques instants sur une course automobile, puis zappa de nouveau. Un film en noir et blanc apparut, datant des années quarante peut-être – une dispute entre un homme et une femme aux voix métalliques et peu naturelles, typiques de l'époque, comme s'ils étaient sur une scène de théâtre. Brink éteignit la télévision et s'assit à côté de Micah. Le silence soudain fut un vrai bonheur.

« Bon, qu'est-ce que vous vous êtes dit, tous les deux ? demanda Brink.

— Pardon ?

— Quand maman me cherchait et qu'elle est venue ici. Vous avez parlé du bon vieux temps ?

— Pas vraiment.

— Je me disais que vous vous étiez peut-être aperçus que vous auriez dû rester ensemble.

— On n'a pas du tout abordé le sujet.

— Lequel a plaqué l'autre, d'ailleurs – vous ou elle ?

— Je ne me souviens plus. »

Brink s'enfonça dans son fauteuil. « Je parie que c'est elle, lança-t-il enfin. À cause de ce qu'elle a dit : qu'elle pensait que vous étiez l'amour de sa vie "à l'époque". Ça veut dire qu'elle a été déçue. »

Micah s'abstint de répondre.

« Mais j'imagine que quelqu'un qui s'est fait plaquer pourrait aussi dire ça par fierté, ajouta Brink.

— Et si on déjeunait ?

— Déjeuner ?

— Tu as faim ?

— Je crève de faim.

— Alors c'est parti ! Je nous prépare ça tout de suite ! dit Micah en se levant d'un coup. Des *ham-bourgueurs*, ça te dit ?

— Hein ?

— Des hamburgers. C'est du *français*. » À présent qu'il avait un projet, il avait un regain d'énergie.

Il se dirigea vers la cuisine et Brink lui emboîta le pas. Il sortit la viande hachée du réfrigérateur. « Maintenant, en guise de légumes… », murmura-t-il à part lui en fouillant dans le bac à légumes.

« Vous n'allez pas nous mettre des trucs chichiteux dans vos burgers, hein ? demanda Brink.

— Ja-*mé*, lui jura Micah.

— Qu'est-ce qu'ils ont de français, alors ?

— Moi, rien que moi. J'aime parler français quand je cuisine. »

Brink lui lança un regard dubitatif.

« J'ai bien peur qu'on n'ait pas de pains à burgers. » Micah avait exhumé quelques carottes et une demi-romaine, qu'il posa sur le plan de travail avec le bœuf. « J'ai acheté de la viande hachée pour faire des spaghettis, mais je ne pense pas que tu aimerais ma recette secrète.

— C'est quoi, votre recette secrète ?

— Eh bien, je mets de la soupe Campbell à la tomate dedans.

— Ah, dégueu.

— *Potage à la tomate** !

— Vous êtes trop bizarre », dit Brink en se laissant tomber sur une chaise de la cuisine – celle qui n'était pas encombrée par ses habits –, et il tira son téléphone de sa poche pour l'examiner. Manifestement, il n'y vit rien d'intéressant. Il le remit dans sa poche et se balança, puis resta en équilibre sur les pieds arrière de sa chaise. « Vous croyez qu'elle va venir avec papa ?

— Aucune idée, répondit Micah en modelant les steaks hachés.

— Parce que maman n'adore pas conduire. Je la vois bien lui demander de l'accompagner.

— Ou peut-être qu'il voudra venir tout simplement parce qu'il est inquiet, lui aussi.

— Ça m'étonnerait. »

Le téléphone de Micah sonna. La chaise de Brink se rabattit soudain en avant et il regarda Micah d'un air fébrile.

D L CARTER s'affichait sur l'écran. Micah répondit : « Bonjour, Donnie.

— Bonjour, Micah.

— Comment va Luella ?

— Bien. Elle respire normalement, maintenant. Je me sens idiot de l'avoir emmenée aux urgences.

— Mais non, vous avez bien fait.

— Enfin bref, je voulais vous donner des nouvelles, comme vous étiez là, tout ça. Je me suis dit que vous vous vouliez peut-être savoir.

— Oui, c'est vrai. » Micah s'en voulut de ne pas s'être posé la question, en réalité. « Je suis ravi d'apprendre que ça va.

— Merci pour votre soutien. Vous êtes un chic type, Micah.

— Mais non, ce n'est rien. Bon, prenez soin de vous, entendu ?

— Comptez sur moi. »

Micah resta pensif un instant, puis il ajouta : « Bon, alors au revoir.

— Au revoir. »

Micah raccrocha.

Il se rendit compte qu'il aurait dû demander si Luella allait passer la nuit à l'hôpital.

Parfois, dans ses échanges avec les gens, il avait l'impression d'être aux commandes d'une de ces machines de fête foraine, ces espèces de pinces mécaniques que l'on essaie d'actionner pour attraper un lot, mais qui sont trop difficiles à manœuvrer et incapables d'atteindre le lot en question.

Il saupoudra de sel fumé le fond d'un poêlon (en jetant un coup d'œil à Brink pour s'assurer qu'il ne regardait pas) et attendit qu'il soit chaud pour y déposer les steaks hachés. Puis il pela les carottes. La viande grésillait si fort dans le poêlon qu'il ne s'aperçut pas tout de suite que Brink avait dit quelque chose. « Pardon ? fit-il.

— En général, je mange mes steaks bien cuits.

— C'est noté.

— Je dis ça au cas où vous vous poseriez la question.

— OK. »

Il y eut un silence. Le poêlon sifflait et crépitait.

« Vous devez penser que je suis un gosse de riches pourri gâté », reprit Brink.

Micah pivota pour le regarder.

« Pas vrai ? insista Brink.

— Un peu, oui.

— À tous les coups, vous vous dites que je devrais me trouver un boulot dans le bâtiment. »

Micah posa les carottes pelées sur la planche à découper et attrapa le couteau.

« Mais ce n'est pas ma faute si mes parents ne sont pas des assistés sociaux. »

Micah coupa les carottes en rondelles et les fit glisser dans un bol. Puis il prit la parole : « Quand ta mère était enceinte de toi, elle a dû demander de l'aide à sa paroisse pour trouver un logement. Elle a dû trouver un moyen pour terminer ses études alors qu'elle attendait un enfant et qu'elle n'avait pas de mari pour subvenir à ses besoins ni aucune famille vers qui se tourner.

— Quoi ? Comment vous savez ça ?

— Elle me l'a dit. Tu ne lui as jamais posé la question ?

— Euh, non.

— Donc elle se fait un sang d'encre pour toi juste parce que ton université, dont les frais sont entièrement payés, t'empêche, je ne sais pas, d'intégrer ta fraternité préférée ou quelque chose comme ça.

— J'ai triché et je me suis fait prendre. »

Micah arrêta de détacher les feuilles de la salade et se retourna pour le regarder.

« J'ai acheté une dissertation sur Internet pour les partiels et ils s'en sont rendu compte. Mon prof avait une espèce de logiciel capable de reconnaître les trucs piqués sur Internet. Comment deviner, hein ? Là-dessus, le doyen des étudiants m'a dit de rentrer chez moi et de tout avouer à mes parents, et qu'ensuite on aurait un entretien tous les quatre dans son bureau. Pour discuter des "suites à donner à cette affaire", comme il a dit. Si seulement il y a une suite. Parce que je risque peut-être de me faire virer. Pour une seule infraction ! Pour une dissert de rien du tout ! Alors je suis rentré à la maison, mais je n'ai pas réussi à le leur dire. Je savais que ça rendrait ma mère super triste et que mon père croirait que c'était dirigé contre eux. Il aurait dit un truc du genre : "Comment tu as pu nous faire ça, fils ? Quelle est ton excuse, hein ? Un devoir tout ce qu'il y a de plus simple. Une rédaction de première année sur le sujet le plus facile du monde !"

— Quel était le sujet ?

— Le concept d'autonomie chez Ralph Waldo Emerson. »

Micah s'empressa de retourner un steak.

« Tous les matins, je me levais et je me disais que j'allais tout leur avouer. Je m'imaginais parler à maman en premier pour qu'elle puisse le dire ensuite à mon père. Mais je n'y arrivais pas, alors j'ai fini par partir.

J'ai squatté chez un copain qui va à GW[1] maintenant, sauf qu'en fait il était super occupé par sa vie, tout ça, alors je suis venu ici parce que je ne voyais pas d'autre endroit où aller, sinon.

— Quand j'étais en CE2, j'ai oublié comment on écrivait "attraper", raconta Micah. On avait un contrôle sur le doublement des consonnes et les exceptions à la règle, mais je ne sais pas pourquoi, écrit comme ça, "attraper" ne me paraissait pas correct. Alors j'ai plus ou moins regardé l'horloge, puis j'ai bâillé et, sans vraiment le faire exprès, j'ai tourné la tête et j'ai vu comment mon voisin l'avait orthographié. Tuckie Smith : je m'en souviens comme si c'était hier.

— Vous voyez ? Maintenant, vous comprenez pourquoi j'ai cru que vous étiez mon père.

— Non, attends ; ce que j'essaie de te dire, c'est que je suis prêt à parier qu'on a tous fait quelque chose de ce genre. Ce n'est pas le cas de tes parents, tu crois ?

— Ma mère, jamais, c'est sûr.

— Euh…

— Et mon père non plus, à mon avis ; ou, s'il l'a fait, il dira le contraire. Je l'entends d'ici : "Les Adams ne sont pas des tricheurs. Tu nous déçois beaucoup, fils."

— Bon. Dans ce cas, tu lui dis : "Je sais, et je me déçois *moi-même*, mais je ne recommencerai jamais." Ensuite, vous vous asseyez tous ensemble dans le bureau du doyen pour écouter son sermon et, après, ce sera derrière toi. Parce que je te garantis qu'ils ne vont pas te renvoyer. Par pour une seule infraction.

— Oui, mais, si ça se trouve, ils vont me mettre un zéro pointé.

1. La George Washington University, à Washington.

— Et après ? Tu seras recalé dans une matière. Il y a pire, dans la vie. »

Micah servit un des steaks hachés, à point pour lui, et remit l'autre sur le feu.

« Dites, fit Brink. Je ne pourrais pas tout simplement vivre ici avec vous ?

— Désolé, mon vieux. »

Tout en mélangeant la salade avec une sauce toute faite, Micah attendit que Brink proteste. Mais celui-ci n'en fit rien. Il garda le silence. Il s'était probablement douté de la réponse de Micah avant de lui poser la question.

Le déjeuner était terminé et la vaisselle déjà faite (Brink l'avait essuyée n'importe comment) quand la sonnerie retentit enfin à l'étage supérieur. À ce moment-là, Micah était assis sur le canapé du salon, le journal du dimanche entre les mains, et faisait mine de lire le compte rendu du match des World Series de base-ball de la veille, même si aucune des deux équipes ne l'intéressait. Quant à Brink, il avait regagné le bureau pour regarder vraisemblablement un film de gangsters.

Bzzz, fit la sonnerie – davantage un bourdonnement qu'un tintement, comme le bruit d'une guêpe furieuse et obstinée. Le son était assez fort pour qu'on l'entende du bureau, mais aucun signe d'agitation n'en provenait. « Brink ? » appela Micah.

Rien, seulement le crépitement des mitrailleuses.

« Brink ! »

Micah finit par se lever, quitta le sous-sol et monta l'escalier menant au vestibule. Quand il ouvrit la porte d'entrée, il vit non seulement Lorna, mais aussi un homme mince et barbu, qui se tenait juste derrière elle. « Il est là ? demanda-t-elle en cherchant son fils du regard, par-delà l'épaule de Micah. Tu as réussi à le retenir ?

— Oui. »

Elle portait une tenue décontractée, cette fois – un pantalon et un pull torsadé –, et son mari un cardigan par-dessus sa chemise. Il avait l'air doux, loin du gros bonnet que Micah s'était figuré. Ses paupières s'affaissaient au coin de ses yeux et sa barbe commençait à grisonner. « Roger Adams, dit-il d'une petite voix en tendant la main à Micah.

— Oh ! Pardon, intervint Lorna. Micah, je te présente Roger. Roger, voici Micah.

— Entrez, dit Micah. Brink est devant la télévision. »

Il les précéda dans le vestibule, puis l'escalier, la buanderie et enfin la chaufferie. L'un des lave-linge était en train de tourner et Micah remarqua que l'air sentait l'humidité et la Javel, mais préserver les apparences était désormais le dernier de ses soucis. Il craignait que Brink n'en ait profité pour s'enfuir par l'arrière. Mais, quand ils entrèrent dans l'appartement, ils le trouvèrent posté sur le seuil du bureau, la télévision braillant toujours derrière lui. Il avait la télécommande à la main – comme si c'étaient ses parents et Micah qu'il s'apprêtait à éteindre – et une expression figée et méfiante.

« Mon chéri ! » s'exclama Lorna en se précipitant vers lui pour le prendre dans ses bras. Tout en lui tapotant le dos de sa main libre, Brink regarda son père derrière elle. « Salut, maman, dit-il. Salut, papa.

— Fils », répondit Roger en hochant la tête. Il resta debout près de Micah, gardant les mains dans les poches de son pantalon.

« Tu vas bien ? » demanda Lorna en reculant. Elle examina son visage. « Tu as maigri ? Je le vois ! Qu'est-ce que c'est que ces vêtements ?

— Ça va, dit Brink en haussant les épaules.

— Depuis combien de temps tu ne t'es pas rasé ? Tu ne vas quand même pas te laisser pousser la barbe ?

— Lorna, fit Roger.

— Quoi ? Je demande, c'est tout, répliqua Lorna avant de s'adresser à Brink. On était fous d'inquiétude ! Tu t'es nourri ? Où as-tu logé ?

— Laisse-le en placer une, Lorna, la rabroua Roger.

— Qu'est-ce que tu racontes ? s'emporta-t-elle en se retournant brusquement vers lui. Je veux qu'il parle, justement !

— Lor, calme-toi.

— Euh, je... je vais éteindre la télévision », dit Micah avant de s'éclipser dans le bureau. À l'écran, une femme se promenait sur une plage tandis qu'une voix d'homme énonçait à toute allure la liste des effets secondaires d'un médicament. Faute de télécommande, Micah appuya sur le bouton d'alimentation et attendit un instant avant de retourner dans le salon. La situation n'avait guère changé. Roger avait toujours les mains dans les poches et Lorna avait passé un bras sous celui de Brink. « Au début, on s'est dit que tu étais peut-être allé chez un copain, lui expliquait-elle, mais tes copains sont tous partis à la fac, alors on ne savait pas...

— Quelqu'un veut du café ? demanda Micah. Je vais nous en préparer. »

Il y eut d'abord un silence. Puis Roger dit : « C'est gentil de votre part, Micah. »

Micah passa à la cuisine dans l'idée de les laisser un peu entre eux, mais, curieusement, ils le suivirent tous les trois. « J'allais vraiment appeler des copains à toi, poursuivit Lorna. Mais ton père a dit… »

Micah mit le percolateur dans l'évier pour le remplir et Roger se décala vers lui et le regarda faire, comme s'il trouvait le processus fascinant.

« … et je savais qu'il n'avait pas tort, mais j'étais dans tous mes états ; je n'arrivais pas à réfléchir à… »

Micah mit quelques cuillerées de café moulu dans le filtre du percolateur, referma le couvercle et brancha l'appareil. Quand il se détourna du plan de travail, il vit Lorna toujours pendue au bras de Brink et le fixant tout en parlant. Brink avait posé la télécommande sur la table et regardait ailleurs.

« Mais pourquoi être venu ici, fils ? » demanda Roger en profitant d'un silence.

Brink reporta son attention sur lui. Il sembla tout d'abord ne pas vouloir répondre, mais dit finalement : « Je me suis souvenu qu'ils vendaient des vêtements d'occase juste à côté d'ici et il me fallait quelque chose à me mettre.

— Quoi ? Non, pourquoi être venu à Baltimore ? Pourquoi chez Micah ?

— Je me disais que c'était peut-être mon père. »

Lorna était au courant, bien sûr ; mais, manifestement, Roger n'en avait pas été informé. « Ton père ! s'exclama-t-il.

— On avait l'air d'avoir des points communs.

— Tu avais des points communs avec Micah », répéta lentement Roger.

Micah se raidit. Il n'était pas loin de se sentir insulté.

« Avec un homme qui gagne sa vie, ajouta Roger. Un homme visiblement indépendant. Qui travaille très dur, j'imagine, sans compter sur une quelconque aide extérieure. »

Brink fixait son père d'un air absent.

« Désolé, fils, mais j'ai du mal à voir la ressemblance. »

Tout à coup, comme s'il avait prévu de le faire depuis le début, Brink se dégagea de l'étreinte de Lorna, ouvrit la porte de derrière et sortit. La porte resta entrebâillée, laissant entrer la lumière et l'air froid.

« Oh, Roger ! protesta Lorna. Brink ? Reviens ! Roger, rattrape-le ! »

Mais ce fut elle qui lui courut après, bousculant une chaise de la cuisine au passage avant d'ouvrir la porte en grand et de monter l'escalier en faisant résonner ses talons.

Roger lança un regard à Micah. « Toutes mes excuses, Micah, dit-il.

— Ce n'est rien.

— J'espère que nous n'avons pas gâché votre dimanche.

— Non, non, je n'avais rien de prévu. »

Roger tendit le bras ; Micah ne comprit pas tout de suite qu'il voulait lui serrer la main une nouvelle fois. Puis il partit sans se presser. Des trois, il fut le seul à penser à fermer la porte derrière lui.

Micah resta un instant planté là.

Le percolateur accomplissait paisiblement sa tâche sur le plan de travail.

À quoi s'était attendu Micah ? À une touchante scène de retrouvailles ? À un câlin collectif dans sa cuisine ?

Il prit la télécommande pour la ranger dans son bureau, mais remarqua les vêtements de Brink sur la chaise – sa chemise blanche crasseuse et son blazer froissé. Il reposa la télécommande, rassembla les vêtements en boule et ouvrit à son tour la porte de derrière. « Hé, ho ! » lança-t-il vers le haut de l'escalier.

Pas de réponse.

Il grimpa les marches et inspecta le parking. Il vit Lorna s'avancer vers lui d'un pas tranquille, les bras croisés sur la poitrine. « Ils discutent tous les deux, expliqua-t-elle une fois qu'elle fut suffisamment proche. Roger m'a demandé de les laisser une minute.

— Brink a oublié ses vêtements, dit Micah en les lui passant. Entre, je vais te servir un café.

— Je ne voudrais pas bouleverser ton emploi du temps. »

C'était un peu tard pour s'en inquiéter, mais il évita de le lui faire remarquer. Il désigna les marches et recula pour la laisser passer devant. Sans avoir vraiment conscience de ce qu'elle faisait, elle porta les vêtements de Brink à son nez et les renifla longuement tout en descendant les marches.

Dans la cuisine, elle s'assit sur une des chaises et posa les affaires de Brink sur la table. Micah s'affaira, attrapa les tasses ainsi que deux cuillères et deux serviettes en papier.

« J'aurais tué Roger !

— Hein ?

— Faire des procès comme ça… Ce n'est pas le moment de chercher la petite bête !

— Ah, euh…

— Je suis navrée que tu ne le voies pas sous son meilleur jour. Il est vraiment chouette.

— Il m'a plu, en fait.

— C'est vrai ? J'ai eu l'impression qu'il t'aimait bien, lui aussi.

— Ça a l'air de t'étonner.

— Non, non…, dit-elle en l'étudiant. Bizarrement, vous n'êtes pas si différents, tous les deux.

— Oui, à quelques détails près. Il est avocat d'affaires, et moi un vulgaire factotum. Il possède sa propre maison, je vis dans un sous-sol. Il a une femme et trois enfants, et moi je suis seul.

— Mais pas pour toujours, j'en suis sûre, dit-elle. Je suis sûre que tu vas trouver quelqu'un.

— Je commence à en douter.

— Je suis navrée de l'apprendre. »

Jusqu'à présent, Micah était resté debout devant le plan de travail, mais il traversa la pièce pour se laisser choir sur la chaise en face de Lorna. « Tu sais pourquoi ? demanda-t-il.

— Non, pourquoi ?

— C'était une vraie question : est-ce que tu sais ce qui fait fuir les femmes chez moi ?

— Qui fait fuir les femmes ? Mais tu ne fais pas fuir les femmes !

— Si, à la fin, toujours. Tout va très bien au début, mais ensuite… Je ne m'explique pas ce qui se passe. Elles commencent à me lancer des regards en coin. Elles ont l'air d'avoir l'esprit ailleurs. C'est comme si elles se rappelaient tout à coup qu'elles ont mieux à faire que d'être avec moi.

— J'ai du mal à y croire.

— C'est ce qui s'est passé avec toi, pourtant.

— Moi ! Ce n'est pas moi qui ai rompu !

— C'est toi qui as embrassé Larry Esmond.

— Oh, pitié, Micah. Ne recommence pas avec Larry Esmond.

— Un jour, je suis l'amour de ta vie et, le lendemain, tu embrasses Larry. »

Elle joignit les mains sur la table et se pencha vers lui, l'air sérieux. (Soudain, il eut un aperçu de ce que cela faisait d'être son client.) « Écoute, dit-elle. Je te l'ai déjà dit et je vais te le redire : Larry ne représentait rien pour moi. C'était juste un gentil gars de mon groupe d'étude biblique ; je n'avais pas échangé plus de deux mots avec lui. Mais, cet après-midi-là, je traversais le campus, je n'avais pas tellement le moral, quand j'ai vu Larry venir dans ma direction, et, arrivé à mon niveau, il s'est arrêté net et il a dit vraiment tout bas : "Lorna Bartell." Comme si mon nom avait de l'importance à ses yeux. Il ne souriait pas, ne m'a fait aucun signe de la main, il avait juste cette expression solennelle et il me regardait droit dans les yeux en disant : "Lorna Bartell." Comme s'il me voyait pour de bon, comme s'il voyait qui j'étais vraiment. Alors je me suis arrêtée moi aussi et j'ai répondu : "Tiens, Larry." Parce que ça n'allait pas très bien entre toi et moi, et j'étais assez malheureuse.

— Ça n'allait pas entre nous ?

— Mais ce baiser n'était pas intentionnel ! Pas en ce qui me concernait, en tout cas. Je voulais juste parler de mes problèmes à quelqu'un et il avait l'air ravi de m'écouter. Il s'est assis sur un banc avec moi et m'a laissée vider mon sac. Ensuite, je ne sais pas ce qui lui a pris, il s'est penché vers moi et m'a embrassée, ce qui m'a tellement surprise que je l'ai laissé faire quelques secondes. Mais, quand je t'ai raconté tout ça, tu ne m'as pas crue. Tu refusais d'admettre qu'une personne puisse parfois… faire une toute petite erreur.

— Mais moi, je ne savais pas que ça n'allait pas entre nous, dit Micah.

— J'étais malheureuse.

— Tu étais malheureuse ?

— Micah, dit-elle, tu te souviens du vélo que tu as perdu au parc, l'été de tes douze ans ?

— De mes douze ans ! Mais on ne s'était même pas encore rencontrés !

— Non, peut-être, mais tu m'as raconté en détail cette histoire de vélo. Il avait dix vitesses, tu te souviens ? Et ces roues fines tellement plus élégantes que les énormes roues habituelles.

— Je me rappelle, dit-il à contrecœur parce que ce n'était pas un souvenir agréable.

— Tu l'avais eu pour ton douzième anniversaire, après avoir fait des pieds et des mains. Tu avais juré que tu ne demanderais jamais rien d'autre ; on pouvait sauter Noël et ton prochain anniversaire, tu disais. Et puis, quelques semaines après l'avoir reçu, tu as roulé jusqu'au parc pour jouer au basket avec des copains. Et tu étais tellement absorbé par ta partie que tu as joué jusqu'à la nuit tombée et que, quand tu es allé récupérer ton vélo, il n'était plus là. »

Micah secoua la tête, l'air dépité. « Une des tragédies de ma vie », dit-il, et il ne plaisantait qu'à moitié.

« Non mais, comment as-tu pu l'oublier ? Comment as-tu pu oublier ce vélo tout un après-midi ? Tu ne crois pas que tu aurais dû y penser en permanence, depuis le temps que tu en rêvais ? Mais non, tu t'y étais habitué. Maintenant qu'il était à toi, tu remarquais ce qui n'allait pas, comme un grincement au niveau des freins ou une rayure sur la peinture ou je ne sais quoi, et tu t'en fichais.

— Ce n'est pas que je m'en fichais, objecta Micah.

— Tu vois, dit Lorna sans sourciller, je suis ce vélo que tu as perdu au parc l'été de tes douze ans. »

Il cligna des yeux.

« Tu ne me trouvais plus si formidable que ça, repritelle. Tu as commencé à critiquer tout ce que je disais, tu avais l'air de t'ennuyer quand je parlais, tu agissais comme si n'importe qui autour de nous était plus important que moi. Tu ne m'appréciais plus à ma juste valeur.

— Ah bon ?

— Et après cette scène avec Larry, quand j'ai essayé de t'expliquer comment c'était arrivé, tu ne m'as pas écoutée. On aurait cru que tu étais content d'avoir ce prétexte. Tu m'as dit : "Non, ça suffit. C'est fini entre nous." Et moi, je t'ai dit : "Micah, *je t'en prie*, on ne va quand même pas se séparer !" Mais tu es parti comme ça et je ne t'ai jamais revu.

— Attends. Tu es en train de dire que c'était *ma* faute ? »

Pourtant, en même temps, lui revint un souvenir évanescent, comme une étole translucide se posant sur lui. Il se rappela qu'il avait éprouvé une vague insatisfaction en sa présence et soupçonné que, à son tour, elle avait commencé à remarquer ses défauts à lui. Il s'en rendait compte à présent, il se souvenait que cette relation n'avait rien du parfait amour qu'il avait imaginé.

« Enfin bref ! s'anima soudain Lorna. Tout ça est derrière nous, pas vrai ? Tu t'es construit une belle vie, à ce que je vois, et je crois sincèrement que, un de ces jours, tu trouveras celle qu'il te faut. Quant à moi, j'ai trouvé celui qu'il me fallait et j'ai trois enfants dont je suis fière, même s'il est vrai que l'un d'entre eux traverse une phase difficile en ce moment. Mais je sais que ça va rentrer dans l'ordre.

— Oh, pas de doute », dit Micah d'un air distrait. Il essayait encore de se faire à cette réécriture du passé.

« Roger et lui vont bien discuter et Brink va changer d'attitude, j'en suis persuadée. »

Sur ces paroles, elle se cala dans sa chaise. Elle attrapa le blazer de Brink sur la table et le tint devant elle, le secoua pour le défroisser et le plia soigneusement en deux. « Parfois, dit-elle songeuse, on regarde en arrière et on croirait presque que la vie qu'on a eue était toute tracée, comme ce chemin complètement dégagé qu'on était destiné à prendre même si, à l'époque, on n'y voyait que des ronces et des bouts de bois. Tu vois ce que je veux dire ?

— Euh…

— Alors, dis-moi un peu ! lança-t-elle en posant le blazer sur le côté. As-tu des nouvelles de… »

Quelqu'un frappa à la porte de derrière – trois coups secs, c'était sans aucun doute Roger et non Brink. Mais, quand Micah se leva pour ouvrir, il les trouva tous les deux debout devant lui : Brink et son père.

« Re-bonjour », fit Micah.

Aucun des deux ne répondit. Brink avait l'air maussade et les yeux baissés tandis que Roger gardait les siens rivés sur son fils, même quand il fit un pas de côté pour laisser Micah fermer la porte derrière eux.

« Contente de vous revoir ! chantonna Lorna, qui s'était levée et joignait les mains devant elle.

— Fils ? l'encouragea Roger.

— C'est bon, j'y viens », s'agaça Brink.

Il fit un pas vers Lorna, les yeux désormais levés. « Maman, commença-t-il, j'étais vraiment sous pression parce que j'ai plus ou moins trafiqué une dissert, que je devais rendre et que je me suis fait choper, du coup le doyen m'a dit de rentrer chez moi et de tout raconter à mes parents, et qu'après on aurait un entretien pour discuter des suites à donner à cette affaire, alors j'ai stressé et c'est pour ça que je suis parti. »

Il était arrivé au bout de sa phrase. Les yeux toujours braqués sur Lorna, il ne bougeait pas d'un cil.

Il fallut quelques secondes à Lorna pour démêler tout cela. « Qu'entends-tu par "trafiquer" ? » demanda-t-elle.

Brink glissa un regard à Roger, qui le fixa d'un air sévère.

« Il ne me restait presque plus de temps, finit par dire Brink en se retournant à nouveau vers Lorna. Ils nous donnent beaucoup trop de travail, là-bas ! Il fallait rendre la dissert le lendemain en plus des autres devoirs, alors j'ai… disons que j'en ai acheté une en ligne.

— Oh, Brink ! » s'écria-t-elle.

Brink resta muet.

« Mais qu'est-ce qui t'a pris ? Comment quelqu'un d'aussi intelligent et brillant et…

— Lorna », intervint Roger sur un ton d'avertissement.

Il fut bien inspiré, car sinon Micah se serait interposé.

Lorna se tut.

Brink regarda encore une fois son père, puis s'éclaircit la voix. « J'ai l'intention de retourner en cours et d'assumer les conséquences de mes actes, dit-il. Et, après ça, je vais me mettre au travail et faire en sorte que vous soyez de nouveau fiers de moi. »

Cette réplique sonnait tellement faux que Micah soupçonna Roger de la lui avoir soufflée, mais le visage de Lorna s'adoucit et elle déclara : « Oh, mon ange, je serai toujours fière de toi ! Et ton père aussi. Pas vrai, Roger ?

— Mm-hmm », fit Roger.

Elle s'avança pour étreindre son fils et Brink resta figé entre ses bras, sous le regard bienveillant de Roger qui faisait tinter des clés ou des pièces de monnaie dans les poches de son pantalon.

Quand Lorna libéra Brink et recula, elle fut soudain pleine d'ardeur. « Allez, on te ramène à la maison, dit-elle à Brink. On va passer un chouette dimanche soir tous ensemble, une agréable petite soirée en famille, et demain on ira voir le doyen. Les petits vont être tellement contents de te voir ! »

Elle ramassa les vêtements de Brink sur la table derrière elle tout en tenant son fils par la taille comme si elle craignait qu'il ne lui échappe, puis elle le guida jusqu'à la porte. Roger la leur ouvrit, mais, après les avoir suivis dehors, il se retourna pour dire : « Merci, Micah.

— De rien.

— Oh ! C'est vrai ! s'exclama Lorna en faisant volte-face. Merci infiniment ! Je ne sais même pas comment… »

Micah leur adressa un petit salut militaire en guise d'au revoir, puis ferma la porte derrière eux.

Le percolateur ne poussait plus que de faibles soupirs. Le café avait sûrement bouilli. À côté de l'appareil se trouvaient les tasses vides, les cuillères et les serviettes. Tout y était, ne manquaient que les invités.

Il rangea les cuillères dans le tiroir, remit les serviettes dans leur paquet en cellophane, les tasses sur leurs crochets, puis débrancha le percolateur et le vida dans l'évier.

8

On se demande ce qui peut bien se passer dans la tête d'un tel homme. Tellement étroit d'esprit, borné ; avec des idées si arrêtées. Il n'a aucune perspective ni ambition particulière. Il se réveille un lundi matin et la lumière qui filtre à travers la fenêtre toute mince est d'un gris terne et déprimant, les informations que diffuse le radio-réveil sont effroyablement tristes. Une fusillade a eu lieu dans une synagogue ; des familles entières meurent au Yémen ; des enfants d'immigrants arrachés à leurs parents en porteront les séquelles à vie, même si – chose hautement improbable – ils retrouvent leurs proches demain. Micah écoute tout cela sans réagir. Le monde ne le surprend pas.

Il essaie de se rendormir, mais son sommeil est agité, entrecoupé de fragments de rêves. Il rêve qu'il fait tomber son portefeuille, lequel atterrit à Sofia, en Bulgarie. Il rêve qu'il avale un gros chewing-gum alors qu'il n'en a plus mâché depuis l'école primaire.

Il renonce et s'extirpe de son lit, se traîne jusqu'à la salle de bains, enfile ses vêtements de jogging, éteint la radio et sort en passant par le sous-sol. Dans l'escalier qui mène au vestibule, il se sent tellement lourd qu'il éprouve le besoin de s'aider en appuyant sur ses cuisses du plat de la main.

Dehors, l'air empeste le gazole. Le sol est encore humide à cause de la pluie tombée le samedi. Il se met en route tout doucement, d'un pas hésitant ; il a l'impression qu'un nœud dans sa poitrine l'empêche de respirer correctement. Il traverse la rue et prend la direction du nord. Le nœud dans sa poitrine se défait peu à peu et il accélère légèrement. Il voit du monde qui attend à l'arrêt de bus, mais, quand il bifurque vers l'ouest et quitte son quartier, les trottoirs sont quasiment déserts. Seuls deux autres joggeurs passent sur le trottoir d'en face et un agent de voirie décharge des cônes de signalisation d'un camion à un carrefour. C'est seulement dans Roland Avenue que la foule des écoliers commence à apparaître. Des petits à la traîne avec leurs mères qui les pressent, de plus grands qui s'amusent à se faire des crocs-en-jambe, se bousculent et se taquinent.

Enfin, en virant vers le sud afin d'achever la boucle et de retourner chez lui, Micah aperçoit un homme très âgé, le dos voûté, se cramponnant à une rampe en fer forgé pour descendre à petits pas les marches de son perron, une valise à la main. L'homme traverse la rue pour rejoindre une Buick démodée, ouvre la portière d'une main déformée par l'arthrose et hisse la valise sur le siège passager ; puis il ferme la portière de manière peu concluante et entreprend de faire le tour jusqu'au côté conducteur, gardant les deux mains en permanence sur le capot jusqu'à ce qu'il atteigne la portière, l'ouvre et s'asseye au volant à une vitesse presque imperceptible. Micah ralentit, puis cesse complètement de courir jusqu'à ce que l'homme soit installé en toute sécurité, mais quelque chose le retient de proposer son aide.

Il est tout à fait conscient que le grand âge le rattrapera lui aussi, tôt ou tard. Soucis de santé, problèmes d'assurance, le tout sans la moindre chance de toucher une retraite. Aujourd'hui déjà, alors qu'il n'a pas cinquante ans, il commence à perdre un peu confiance en son propre corps. Il est plus prudent quand il soulève des objets lourds et il est plus rapidement essoufflé quand il court. Une vieille blessure de basket-ball a tendance à l'élancer au niveau de la cheville gauche quand le temps change brusquement.

Il se dirige vers l'est, à présent, et passe devant un énorme massif de buis couvert d'un voile de fausses toiles d'araignées pour Halloween. Il contourne deux femmes qui se disputent pour alimenter un horodateur. L'espace d'un instant, il confond un distributeur de journaux avec un enfant vêtu d'un gros blouson. Il avait déjà remarqué que sa vision défaillante lui jouait des tours, le plus souvent en transformant des objets inanimés en êtres humains.

Il approche de son immeuble par l'entrée principale, cessant de courir après avoir dépassé le restaurant de truites. Les mains sur les hanches et le souffle court, il gravit les marches de la véranda. Par réflexe, il jette un œil vers la balancelle, mais, bien entendu, personne ne l'y attend.

L'eau de la douche est chaude et vivifiante, et il aime l'odeur du savon qu'il a acheté récemment au Giant. Mais une fois sorti de la cabine, debout devant le lavabo, sa serviette nouée autour de la taille, il se rend compte qu'il n'a pas envie de se raser. Du plat de la main, il essuie la condensation sur le miroir en traçant un arc et contemple son visage : il n'a vraiment pas le courage. Comme il ne s'est pas rasé hier non plus, sa barbe apparaît déjà – un masque noir granuleux parsemé de touches de blanc çà et là. Il a l'air sale.

Et alors, quelle importance ?

Il s'habille dans la chambre, puis va préparer son petit déjeuner dans la cuisine. Du pain grillé, décide-t-il, ainsi qu'une demi-orange qui attendait, tournée côté tranché sur une soucoupe, depuis quelques jours au réfrigérateur. La surface de la chair a pris une apparence desséchée et comme perlée, mais Micah s'en moque. Il la coupe en quartiers à l'aide d'un couteau à viande. Il n'a pas le courage de faire du café. Il ne prend même pas la peine de s'asseoir ; il reste face au plan de travail, tour à tour mordant dans sa tartine, puis aspirant le jus des quartiers d'orange. Un calendrier est punaisé au mur au-dessus de lui, mais il affiche toujours la page du mois d'août. Il n'utilise plus vraiment les calendriers en papier. Il examine la photo du mois d'août : un chiot beige au regard abattu, un œil couvert par un bandage. Le calendrier était arrivé par courrier, de la part d'un refuge pour animaux.

Un autre rêve du matin refait surface dans son esprit : il était en voiture avec son père. Il lui disait qu'il refusait catégoriquement de retourner voir sa tante Bertha. Ce rêve lui avait paru si réel, il comportait tellement de détails concrets qu'il sent encore l'odeur du velours poussiéreux des sièges de la voiture. Cependant, le père de son rêve était un inconnu et il n'a jamais eu de tante Bertha. Visiblement, il a fait sans le vouloir le rêve de quelqu'un d'autre. Maintenant qu'il y pense, ses autres rêves du matin pourraient bien avoir été empruntés eux aussi.

Il jette la fin de sa tartine à la poubelle avec les pelures d'orange. Il rince la soucoupe sous le robinet et la range dans le placard ; il rince le couteau à viande et le range dans le tiroir. Inutile de passer l'aspirateur autour de la table parce qu'il ne s'y est pas assis. Alors, sans délai, commence le jour du lavage des sols. « Le *retoutable lafage* », dit-il tout haut. Mais il ne va pas chercher la serpillière et le seau.

Au lieu de cela, il entreprend de consulter ses e-mails dans son bureau : publicités pour des candidats électoraux, appels aux dons pour des partis politiques, grosses promotions sur des pneus neige, des antivirus et du nettoyage de gouttières. Supprimer, supprimer, supprimer. Kegger voudrait savoir si mercredi lui conviendrait pour leur virée à l'Apple Store. Allez, accepter ; passer un moment avec des membres de la famille n'est sans doute pas une mauvaise idée ces temps-ci. L'abonnement de Micah à la *Gazette du geek* expirera à la fin du mois et il est invité à cliquer ici. Supprimer.

Il est sur le point de se déconnecter quand il s'aperçoit qu'il a reçu un texto de Lorna Bartell Adams. *Je voulais juste te dire...*, lit-il sur la première ligne. Voilà pourquoi il devrait toujours garder son téléphone sur lui : il a toujours un train de retard. Il clique sur l'icône pour lire le reste du message :

Je voulais juste te dire que tout va bien ici. On a bien discuté sur le chemin du retour et lundi on fixe un rendez-vous avec le doyen. Encore merci. XX Lorna

Il songe à lui répondre, mais finalement n'en fait rien. Que dirait-il, de toute façon ?

Je suis étonné que tu prennes la peine de m'écrire puisque d'après toi je suis tellement...

Il recule sa chaise du bureau et se lève pour aller dans le salon. Plaid, téléphone, trois canettes de bière vides, menu pour des plats à emporter, sachet de chips : il met tout à sa juste place. Une fois de plus, il se dit qu'il devrait vraiment faire cela tous les soirs avant de se coucher. Mais, il ne sait pourquoi, à la fin d'une journée passée à faire tout ce qu'il est censé faire, il perd tout bonnement son enthousiasme.

Comment se fait-il que je me retrouve MOI responsable de ce qui a mal tourné entre nous ? Qu'est-ce que tu es allée t'imaginer sur…

Il secoue légèrement la tête. Passe à autre chose, bon Dieu. Lorna a tourné la page. Comme toutes les autres, d'ailleurs – Zara, Adèle et maintenant Cass. Il devrait se sentir libéré. Il se sent libéré, c'est vrai. Lorna, l'incorrigible moralisatrice, Zara et son obsession pour l'« art danse » (comme elle l'appelait), Adèle et ses précieux animaux en voie de disparition. (« Tu es assis ? » lui demandait-elle avant de lui annoncer l'extinction d'une espèce rare de papillons. Ce, alors qu'elle se trouvait dans la même pièce que lui et voyait bien qu'il était assis. « Accroche-toi bien », disait-elle. Comme ces gens qui rient à leur propre blague, pour préparer leur auditoire, avant de la raconter.) Quant à Cass, il aurait beaucoup de choses à lui reprocher, à commencer par son manque total de franchise sur ses attentes vis-à-vis de lui. Comment aurait-il bien pu savoir ce qu'elle voulait de lui ? Il n'est pas devin !

Il fronce les sourcils en regardant la corbeille à papier dans laquelle il vient de jeter le sachet de chips. Son téléphone sonne et il le sort de sa poche pour voir ce qu'affiche l'écran. NUMÉRO INCONNU.

Il décroche. « Techno Crack, bonjour.

— Allô ? Techno Crack ? » dit une femme au bout du fil.

Il lève les yeux au ciel : « Oui.

— Bon, j'ai un dilemme », dit-elle sur un ton interrogatif trop enfantin – sa voix est jeune, mais tout de même. « Parfois, quelque chose plante d'un coup sur mon ordinateur ? Comme, par exemple, un programme que j'utilise ? Et après il y a cette fenêtre qui apparaît sur mon écran et qui me propose de signaler le problème pour moi, vous voyez ?

— Mm-hmm.

— Eh bien, est-ce que je dis oui ou est-ce que c'est risqué. »

Paradoxalement, sa seule véritable question n'a pas l'air d'en être une.

« Pourquoi est-ce que ce serait risqué ?

— Parce que je pourrais me faire usurper mon identité ?

— Pardon ?

— Mon *identité*. C'est peut-être un piège pour me l'usurper.

— Non, ne vous en faites pas.

— Vous êtes sûr ?

— Certain. »

Elle marque une pause, comme si elle prenait le temps de déterminer s'il fallait le croire ou non.

« Vous ne courez pas de danger en envoyant un rapport d'erreur, lui dit-il, mais ne vous embêtez pas à le faire si ça vous gêne. »

De toute façon, s'abstient-il d'ajouter, il y a bien pire que de perdre son identité. À cet instant, il n'est pas loin de penser que, pour lui, ce serait une aubaine.

« OK, merci », dit-elle enfin avant de raccrocher.

Elle n'a manifestement pas cru nécessaire de lui demander si elle lui devait quelque chose, non pas qu'il eût répondu oui.

Il emporte sa corbeille à papier dans la cuisine et la vide dans la poubelle sous l'évier. Demain, c'est jour de ramassage, mais il n'a pas assez de déchets pour remplir ne serait-ce qu'un sac.

L'appel suivant arrive un peu plus tard, tandis qu'il feuillette distraitement le *Sun* à la table de la cuisine. « Ici Arthur James, dit une voix masculine. Vous vous souvenez de moi ?

— Euh…

— Vous avez installé un disque dur externe pour moi il y a deux mois.

— Ah, oui, oui, dit Micah sur un ton qu'il espère convaincant.

— Ben, figurez-vous que, tout d'un coup, mon imprimante ne peut plus scanner. Hier elle y arrivait, mais apparemment aujourd'hui ce n'est plus le cas.

— Vous avez essayé de l'éteindre et de la rallumer ?

— Oui, mais ça n'a rien fait.

— Hmm.

— Donc je me demandais si vous pouviez venir jeter un œil.

— Rappelez-moi votre adresse ? »

L'homme la lui donne et Micah la griffonne sur le bloc-notes près du grille-pain. « J'arrive », dit-il. Il raccroche et arrache la page du bloc, attrape le panneau aimanté de sa voiture et sa sacoche, puis sort par la porte de derrière.

C'est désormais la fin de matinée et l'autoradio diffuse une émission donnant la parole aux auditeurs. Selon Micah, ce genre d'émission est la pire idée qui soit. Qui se soucie de l'opinion d'un quidam mal informé ? À plusieurs reprises, il veut changer de station, mais ne trouve pas l'énergie.

L'auditeur actuellement en ligne, un homme à la voix rocailleuse qui appelle de l'Iowa, a l'air surpris de se retrouver à l'antenne. « Allô ? dit-il. Je suis en direct ?

— Oui, oui », répond l'animateur qui s'impatiente.

Puis, bien entendu, l'homme se sent obligé de se lancer dans le verbiage introductif habituel : « Ah, bonjour ! dit-il. Enchanté ! »

Une pause.

« Allez-y, on vous écoute, dit l'animateur.

— Bon, tout d'abord, je voudrais vous dire à quel point j'apprécie votre émission. J'écoute toujours…

— Qu'avez-vous à nous dire ? demande l'animateur.

— Hein ? Et aussi, j'aimerais vous remercier d'avoir répondu à ma…

— De rien ! Quel est l'objet de votre appel ? »

L'auditeur s'embarque alors dans un exposé sans queue ni tête sur… quel est le thème aujourd'hui ? Les violences policières, quelque chose à propos des violences policières. Il a de nombreux tics de langage – des « vous voyez, quoi » à chaque phrase et tant de « hum » et de « euh » qu'il est difficile de croire qu'il ne les entend pas lui-même. Pourtant, il n'en a pas conscience, même quand l'animateur se met à le presser à coups de « Oui, et donc… » et de « OK ! donc… ».

Micah tance l'auditeur : « Voilà pourquoi il faut laisser la radio aux professionnels. » Puis l'animateur en prend aussi pour son grade : « Et un minimum de courtoisie, c'est trop te demander, à toi ? »

Un gigantesque camion-citerne bloque le croisement suivant. Le dieu de la Circulation doit être furibond. Au bout du compte, cet incident retient assez longuement Micah et, quand il redémarre, l'appel de l'auditeur a, par bonheur, pris fin et c'est l'heure des informations. Des crues soudaines sont survenues en Jordanie ainsi qu'une coulée de boue dévastatrice en Colombie. Un immigré clandestin expulsé vers son pays d'origine affirme que, à l'instant où il arrivera là-bas, il fera demi-tour et reviendra. Et il tentera de nouveau sa chance, encore et encore, dit-il, parce qu'il n'y a rien d'autre à faire. Micah finit par éteindre la radio. Il est arrêté au feu de la Northern Parkway et entend celle d'une voiture qui approche, diffusant un air de hip-hop endiablé aux basses si puissantes qu'elles lui résonnent dans les tympans. Il attend en regardant droit devant lui, les mains précisément à dix heures dix sur le volant. Il écrit mentalement un autre texto à Lorna :

Ma seule erreur a été d'aspirer à la perfection.

Subitement, il met son clignotant et, quand le feu passe au vert, il tourne vers l'est au lieu de continuer vers le nord.

À présent que la radio s'est tue, il entend tous les sons provenant de l'extérieur et de l'intérieur de sa voiture. Le bruissement des pneus sur la chaussée humide, le vrombissement de machine à coudre produit par le moteur, le cliquetis des outils qui s'entrechoquent dans sa sacoche au moindre cahot. Il dépasse Loch Raven Boulevard. Il dépasse la Perring Parkway.

Il prend à droite dans Harford Road.

Il est onze heures dix-huit. Il ignore ce que les CM1 sont censés faire à cette heure-ci. Est-ce déjà l'heure du déjeuner ? Mieux vaut attendre l'heure du déjeuner. Il se garera sur le parking et patientera, tout simplement. Oui, mais comment saura-t-il que c'est l'heure du déjeuner ? Puisqu'ils seront à l'intérieur, au réfectoire. Et sortiront-ils après avoir mangé ou demeureront-ils à l'intérieur jusqu'à la récréation de l'après-midi ? Eh bien, s'il faut attendre jusqu'à l'après-midi, soit. Il restera assis dans sa voiture jusqu'à l'après-midi, il n'a pas le choix.

Il tourne à droite, à gauche, encore à droite. Il traverse une zone en grande partie résidentielle constituée de petites maisons avec de petits jardins jonchés de feuilles mortes et exhibant souvent des panneaux pour des entreprises à domicile – pose d'extensions de cheveux ou vente de matériel de tricot. Puis il passe devant un terrain de base-ball et arrive dans l'impasse où se trouve l'école Linchpin Elementary. Un bâtiment de briques fatigué, sur deux niveaux, des marches de béton aux arêtes abîmées et des peintures d'enfants aux couleurs criardes sur presque toutes les fenêtres. Sur la gauche, une cour de récréation au sol en terre, une balançoire, une cage à écureuil… et, oui, des enfants par dizaines.

Cette vision l'encourage, au début. Il se gare sur le parking revêtu d'asphalte et sort de la voiture, ses lunettes toujours sur le nez parce qu'il a besoin de visualiser clairement la situation. C'est alors qu'il se rend compte que ces enfants paraissent trop jeunes pour être en CM1. Ils font la ronde, une sorte de « Dansons la capucine », et ils ont l'air engoncés et drôlement fagotés qu'ont les enfants qui ne s'habillent pas encore tout seuls. Malgré ce constat, Micah continue d'avancer vers eux. Il a repéré un autre groupe d'écoliers juste derrière, qui, eux, semblent plus âgés, et où filles et garçons se mélangent moins. Les garçons se bagarrent sans raison précise tandis que les filles sont occupées à un jeu de corde à sauter. « Dans la vallée où pousse l'herbe nouvelle, chantent-elles pendant que la corde tourne, se trouvait Allison la plus belle. » Allison doit être la fillette en train de sauter, dont les nattes s'envolent chaque fois qu'elle retombe. « Arriva Andrew qui l'embrassa sur la joue…

— Andrew *Evans* ? s'écrie Allison. Beurk !

— Combien de bisous pour elle cette semaine ? Un, deux…

— CM1 ? demanda Micah à la tourneuse de corde la plus proche.

— Quoi ?

— Vous êtes bien la classe de CM1 ?

— Oui, une partie.

— Où est votre maîtresse ?

— Euh… »

La fillette regarde autour d'elle d'un air désinvolte. Elle laisse son extrémité de la corde ralentir et fait trébucher Allison, qui s'arrête net. « C'est pas juste ! pleurniche-t-elle avant de lancer aux autres : Shawanda a fait retomber la corde !

— Pardon, c'est ma faute, dit Micah. J'essaie de trouver… »

Il commence à les contourner, mais un blouson a vraisemblablement été abandonné par terre là où il ne s'y attendait pas. Il se prend le pied gauche dedans et tombe à genoux.

« Je cherche votre maîtresse », reprend-il en se relevant péniblement. Il ne s'est absolument rien fait et le voici déjà de nouveau debout, mais à l'évidence ce petit accident a effrayé les filles, qui se précipitent vers le bâtiment en criant :

« Miss Slade ! Miss Slade ! Il y a un *homme*, ici !

— Je voulais juste lui dire un mot, leur explique Micah. *Te* dire un mot », corrige-t-il en voyant Cass apparaître par une porte latérale. Elle a la tête baissée et marche tout en remontant la fermeture Éclair de sa parka ; elle ne remarque Micah que lorsqu'elle se trouve à deux pas de lui, alors elle lève les yeux, son front se plisse et elle dit : « Micah ?

— Je n'ai rien fait de mal, déclare-t-il. Je ne voulais pas faire la moindre erreur, et regarde où ça m'a mené.

— Quoi ?

— Regarde où j'en suis ! Ma vie ne rime à rien ! Je ne sais pas quoi en faire, maintenant !

— Oh, Micah. »

Elle s'approche de lui et lui saisit délicatement les poignets, parce qu'il se tord les mains de désespoir, semble-t-il. Elle regarde ses genoux couverts d'une croûte de terre humide, puis lui demande : « Mais qu'est-ce qui t'est arrivé ?

— Il est tombé par terre à cause de mon blouson », intervient une petite fille qui a ramassé le blouson et l'époussette soigneusement.

Mais Micah préfère mal interpréter la question de Cass. « Je suis une salle remplie de cœurs brisés, lui dit-il.

— Oh, mon lapin », s'attendrit-elle.

C'est la première fois qu'elle l'appelle « mon lapin ». Il espère que c'est bon signe. C'est possible, se dit-il quand elle l'entoure de son bras et l'entraîne vers le bâtiment. Ils marchent si près l'un de l'autre qu'ils se gênent et trébuchent, et une joie de vivre le gagne soudain.

MIXTE
Papier issu de
sources responsables
FSC® C003309
FSC
www.fsc.org

10/18, une marque d'Univers Poche,
est un éditeur qui s'engage pour
la préservation de l'environnement
et qui utilise du papier fabriqué à partir
de bois provenant de forêts gérées
de manière responsable.

10/18 – 92 avenue de France, 75013 PARIS

Imprimé en France par CPI

N° d'impression : 3043806
X07768/01